Para Sempre...

JUDY BLUME

Tradução de Luisa Geisler

Título original
FOREVER...

Copyright © 1975, copyright renovado © 2003 by Judy Blume

Todos os direitos reservados, incluindo os de reprodução
no todo ou parte sob qualquer forma.

Direitos para a língua portuguesa reservados
com exclusividade para o Brasil à
EDITORA ROCCO LTDA.
Rua Evaristo da Veiga, 65 – 11º andar
Passeio Corporate – Torre 1
20031-040 – Rio de Janeiro – RJ
Tel.: (21) 3525-2000 – Fax: (21) 3525-2001
rocco@rocco.com.br|www.rocco.com.br

Printed in Brazil/Impresso no Brasil

Preparação de originais
CATARINA NOTAROBERTO

CIP-BRASIL. CATALOGAÇÃO NA PUBLICAÇÃO
SINDICATO NACIONAL DOS EDITORES DE LIVROS, RJ

B624p

    Blume, Judy
        Para sempre... / Judy Blume ; tradução Luisa Geisler. - 1. ed. - Rio de Janeiro :
Rocco, 2024.

        Tradução de: Forever...
        ISBN 978-65-5532-382-5
        ISBN 978-65-5595-224-7 (recurso eletrônico)

        1. Romance americano. I. Geisler, Luisa. II. Título.

23-87203   CDD: 813
                              CDU: 82-31(73)

Gabriela Faray Ferreira Lopes - Bibliotecária - CRB-7/6643

Esta é uma obra de ficção. Quaisquer referências a eventos
históricos, pessoas reais ou lugares foram usadas de forma fictícia.
Outros nomes, personagens, lugares e incidentes são produtos da
imaginação da autora, e qualquer semelhança com acontecimentos reais,
localidades ou pessoas, vivas ou não, é mera coincidência.

O texto deste livro obedece às normas do novo
Acordo Ortográfico da Língua Portuguesa.

Para Randy, como prometido… com amor

NOTA DA AUTORA

Quando escrevi *Para sempre*... em meados dos anos 1970, responsabilidade sexual era sinônimo de prevenir gravidez indesejada. Hoje, responsabilidade sexual também significa prevenir infecções sexualmente transmissíveis, incluindo um vírus potencialmente fatal — o HIV, que pode causar a AIDS. No livro, Katherine visita uma clínica da Planned Parenthood, uma organização dedicada à saúde feminina e ao planejamento familiar, e recebe uma receita para comprar pílula anticoncepcional. Hoje, ela teria ouvido que é essencial usar camisinha junto com outros métodos de contracepção para reduzir o risco de contrair infecções. Se você está pensando em começar a ter relações sexuais, é preciso assumir a responsabilidade por suas ações e sua vida. No Brasil, muitos medicamentos e métodos contraceptivos são distribuídos gratuitamente. Para maiores informações, contate a Secretaria de Saúde local, Unidades Básicas de Saúde (UBS) ou a Assistência em Planejamento Familiar. O telefone do Disque Saúde, do Sistema Único de Saúde (SUS), é 136.

* * *

JUDY BLUME tem uma filha (a quem dedica este livro), um filho, uma enteada e um neto. Ela se alegra por saber que algumas coisas, como *sentimentos*, nunca mudam.

1

Sybil Davison tem um Q.I. de gênia e dormiu com, no mínimo, seis caras diferentes. Foi ela mesma que me contou isso na última visita que fez à prima, Erica, uma grande amiga minha. Erica diz que isso é por causa do problema de Sybil com o próprio peso e sua necessidade de se sentir amada — a parte de dormir com esses caras, quer dizer. O Q.I. de gênia é pura sorte, ou genética, ou algo do tipo. Não tenho certeza de que qualquer explicação esteja 100% correta, mas Erica costuma ser muito boa em analisar pessoas.

Eu não conheço Sybil tão bem assim, pois ela mora em Summit e a gente em Westfield. Erica e eu decidimos de última hora ir na festa de Ano-Novo dela por dois motivos: primeiro porque ela só nos convidou em cima da hora, segundo porque não tínhamos nada melhor para fazer.

Era uma festa com fondue. Tinha umas vinte pessoas sentadas no chão ao redor de uma mesinha baixa na sala de estar de Sybil. Na mesa, havia um par de panelas grandes com queijo suíço derretido escaldante e cestos de pães. Cada um tinha um longo garfo de dois dentes para espetar o pão, e então mergulhá-lo no queijo. Estava bem gostoso. Eu tinha comido uns dois pedaços quando um cara disse:

— Tem queijo no seu queixo.

Ele estava do outro lado de Erica, meio que se inclinando por cima dela.

— Quer que eu limpe? — Ele estendeu um guardanapo.

Não entendi se ele estava fazendo piada comigo ou o quê. Então respondi:

— Posso limpar meu próprio queixo. — E tentei engolir o pão que ainda tinha na boca.

— Meu nome é Michael Wagner — disse ele.

— E daí? — respondi, e Erica me lançou um olhar. Ela se apresentou para Michael, então me deu um tapinha na cabeça e disse:

— Essa idiota aqui é minha amiga, Katherine. Não liga para ela... Ela é um pouco estranha.

— Percebi — disse Michael. Ele usava óculos, tinha um cabelo loiro-avermelhado cheio e uma pintinha na bochecha esquerda. Por algum motivo maluco, pensei em tocá-la.

Desviei o olhar e voltei a perfurar pedaços de pão. O garoto no meu outro lado disse:

— Eu sou o Fred. Vizinho de Sybil. Estou no primeiro ano na Universidade de Dartmouth. — Infelizmente, ele também era esquisitão.

Depois de um tempo, comecei a ignorar sua voz, mas ele não notou e seguiu tagarelando. Eu estava mais interessada no que Michael falava com Erica. Me perguntei onde ele estudava, torcendo para ser nas redondezas, tipo na Universidade de Rutgers. Erica lhe contou que somos de Westfield, que estamos no último ano do ensino médio e que vamos passar a noite na casa de Sybil. Então Michael a apresentou a uma tal de Elizabeth, e me virei a tempo de vê-lo passar o braço ao redor de uma garota de pele clara e cabelos escuros, sentada ao lado dele. Fingi estar interessada em Fred, o Esquisitão, no fim das contas.

Quando deu meia-noite, Sybil ficou apagando e acendendo as luzes e Fred me desejou feliz ano novo, depois tentou enfiar a língua na minha boca. Mantive os lábios unidos e firmes; enquanto ele me beijava, eu observava Michael beijar Elizabeth. Ele era muito mais alto do que eu tinha julgado, e magro, mas não do tipo fracote.

Depois da festa, ajudamos Sybil e os pais dela a limpar tudo e, em algum momento em torno de três da manhã, nos arrastamos escada acima até a cama. Sybil apagou assim que encostou a cabeça no travesseiro, mas Erica e eu tivemos dificuldade para dormir, talvez porque estivéssemos deitadas em sacos de dormir no chão, ou talvez porque Sybil estivesse roncando tão alto.

Erica sussurrou:

— Michael é um cara legal... não acha?

— Ele é alto demais pra você — falei. — Você mal chega no umbigo dele.

— Ele poderia gostar disso.

— Ai, Erica!

Ela se apoiou num cotovelo e disse:

— Você gostou dele, não foi?

— Não seja besta... a gente mal se falou! — Rolei no saco de dormir, me virando para a parede.

— É... mas eu consigo perceber de qualquer forma.

— Vai dormir!

— Ele me perguntou seu sobrenome e pediu seu número.

Eu me virei.

— Sério?

— Sim... mas acho que isso não é tão importante pra você. — Ela se enterrou dentro do saco de dormir.

Eu dei um chutinho nela. Então nós duas rimos e pegamos no sono.

Erica e eu somos amigas desde o nono ano. A gente forma uma boa dupla porque ela é articulada e extrovertida, e eu não. Ela diz que precisa ser assim para compensar o próprio tamanho. Erica tem só um metro e meio... então, quando falei que ela mal chegava no umbigo de Michael, não estava brincando. Todo mundo na família dela é pequeno. Foi assim que o bisavô dela arrumou o sobrenome. Ele veio da Rússia para os Estados Unidos sem falar uma palavra de inglês. Então, quando pisou fora do barco e o oficial da imigração perguntou seu nome, ele não entendeu. Em vez de só chamá-lo de Cohen ou Goldberg, como muitos oficiais de imigração faziam com refugiados judeus, esse homem o mediu e escreveu *mr. Small*, sr. Pequeno. Erica jura que, se um dia decidir se casar, vai escolher alguém imenso de alto para que os filhos tenham pelo menos alguma chance de ter uma estatura normal.

Não que a altura tenha sido um problema para qualquer pessoa em sua família. Ela é filha de Juliette Small, a crítica de cinema. As resenhas da mãe saem em três revistas nacionais. Por causa dela, Erica tem certeza total de que vai entrar na Universidade de Radcliffe, mesmo que suas notas não sejam tão boas. A minha média na escola é 92, então quase morri quando vi minha nota no vestibular. Foi abaixo da média. Erica tirou uma nota muito mais alta que a minha. Ela não se desespera por coisas realmente importantes, enquanto eu sempre tenho esse medo. Essa é outra diferença entre nós.

No dia seguinte, acordei ao meio-dia com o telefone tocando. Sybil ficou de pé em um pulo e correu para atender. Quando ela voltou, disse:

— Era o Michael Wagner. Ele está vindo aqui buscar os discos dele. — Ela bocejou e capotou de volta na cama.

Erica ainda estava apagada.

Perguntei a Sybil:

— Ele está saindo com aquela garota, Elizabeth?

— Não que eu saiba... Por que, está interessada nele?

— Não... Só curiosidade.

— Eu posso falar com ele, se você quiser.

— Não... não faz isso.

— A gente se conhece desde o jardim de infância.

— Vocês têm alguma aula juntos?

— Sim.
— Ah... Achei que ele fosse mais velho.
— Ele está no último ano... igual a gente.
— Ah... — Ele parecia mais velho. — Bom... já que acordei, vou me vestir — falei, indo para o banheiro.
Sybil e eu estávamos na cozinha tomando café da manhã quando a campainha tocou. Eu estava tirando de um pãozinho e empilhando-as no canto do meu prato. Sybil estava apoiada na geladeira, comendo o iogurte de morango direto do pote com uma colher.
Ela atendeu a porta da frente e mostrou a cozinha para Michael.
— Você se lembra da Katherine, né?
— Claro que sim... Oi... — cumprimentou Michael.
— Ah... oi — respondi.
— Seus discos ainda estão lá embaixo — disse Sybil.
— Vou buscar pra você.
— Tudo bem, pode deixar que eu busco.
Alguns segundos depois de descer, ele perguntou:
— Quem é K.D.?
— Eu — respondi. — Alguns dos discos são meus.
— Desci as escadas e comecei a inspecionar a pilha.
— Os seus estão separados?
— Não.
Eu estava fazendo uma pilha com os meus K.D.s quando ele disse:
— Olha... — Ele pegou meu pulso. — Vim aqui porque queria te ver de novo.
— Ah, bom... — Eu vi meu reflexo nos óculos dele.
— Você só vai dizer isso?
— O que é que eu deveria dizer?
— Eu tenho que escrever um roteiro pra você?

— Tá bem… Fico feliz que você veio.

Ele sorriu.

— Melhorou. Quer dar uma volta? Meu carro está logo ali na frente.

— Meu pai vem me buscar às três. Preciso estar de volta a essa hora.

— Tudo bem.

Ele ainda estava segurando meu pulso.

2

Todo mundo diz que Erica é muito observadora. Imagino que tenha sido por isso que ela já sabia que eu estava interessada no Michael antes de eu assumir para qualquer outra pessoa, inclusive para mim mesma. É verdade que eu às vezes pareço meio durona com minha pose sarcástica, mas só quando estou interessada num cara. Quando não estou, posso ser tão legal e gentil quanto qualquer outra pessoa. Erica diz que isso significa que eu sou insegura. Talvez ela tenha razão... eu não sei.

Poucos minutos depois de sair da garagem de Sybil, passamos pelo Hospital Overlook. Contei para Michael que trabalho lá todas as quintas-feiras depois da escola.

— Sou voluntária no hospital, e nasci lá também.

— Olha só... eu também nasci.

— Que mês? Vai ver a gente dormiu um do lado do outro no berçário.

— Maio.

— Ah... eu sou de abril. — Olhei para ele pelo canto do olho. De perfil, ele ficava bem, mas dava para notar que tinha quebrado o nariz mais de uma vez. Seu cabelo me lembrava do golden retriever da Erica, Rex. Era exatamente da mesma cor.

Michael dirigiu descendo a colina até a Reserva Watchung.

— Eu costumava montar por aqui — disse ele.

Imaginei Michael numa moto Honda XL 70. Ele continuou:

— Eu tinha uma preferida… a Crab Apple… até que um dia ela me jogou no chão e eu fraturei o braço.

— Ah… você quis dizer montar em um cavalo! — Eu ri e ele me lançou um olhar. — Achei que fosse em uma moto. Nunca andei a cavalo.

— Imaginei… você não parece muito o tipo de cavalos.

Isso era bom ou ruim?

— Como você sabe disso? — perguntei.

— Eu só sei.

— O que mais você consegue saber sobre mim?

— Te conto depois. — Ele sorriu para mim, e sorri de volta. — Você tem covinhas bonitas — disse.

— Obrigada… Todo mundo na minha família tem covinhas.

Ele estacionou o carro e nós saímos. Estava frio e ventando, mas o sol brilhava. Caminhamos até o lago. Estava parcialmente congelado. Michael pegou um punhado de pedras e as lançou na água.

— O que vai fazer no ano que vem? — perguntou ele.

— Ir pra faculdade.

— Onde?

— Não sei ainda. Me inscrevi nas universidades da Pensilvânia, de Michigan e de Denver. Depende de para onde eu passar. E você?

— Vou para a de Vermont, espero. Lá ou Middlebury.

Michael pegou minha mão, tirando a luva, que ele enfiou no bolso. De mãos dadas, começamos a passear ao redor do lago.

— Eu queria que nevasse — disse ele, apertando meus dedos.

— Eu também.

— Você esquia?

— Não... Eu só gosto da neve.

— Eu amo esquiar.

— Eu já fiz esqui aquático — comentei.

— É diferente.

— Você é bom nisso? Quer dizer, em esquiar na neve?

— Acho que pode-se dizer que sim. Eu poderia ensinar você.

— A esquiar?

— Isso.

— Seria legal.

Caminhamos até o Trailside Museum e espiamos lá dentro, antes de Michael conferir o relógio e dizer:

— É melhor a gente ir voltando.

— Mas já?

— Já passou das duas.

Meus dentes estavam batendo de frio e eu sabia que minhas bochechas deviam estar vermelhas, queimadas pelo vento. Mas eu não me importava. Meu pai diz que fico bonita desse jeito, parecendo muito saudável.

De volta ao carro, esfreguei as mãos, tentando me esquentar, enquanto Michael dava partida. O carro morreu algumas vezes antes de pegar no tranco.

— É melhor esperar um pouquinho para ter certeza de que agora vai — disse ele.
— Tá bem.
Ele se virou para me olhar.
— Posso beijar você, Katherine?
— Você sempre pergunta antes?
— Não... mas não sei o que esperar de você.
— Tenta — respondi.
Ele tirou os óculos, que pôs em cima do painel. Molhei os lábios. Michael ficou me olhando.
— Você está me deixando nervosa — falei. — Para de me encarar.
— Só quero ver como você fica quando estou sem os óculos.
— E?
— Você está toda borrada.
Nós dois rimos.
Enfim, ele me beijou. Foi um bom beijo — quente, mas sem exageros.

Antes de me deixar na casa de Sybil, Michael parou o carro e me beijou outra vez.
— Você é uma delícia — disse ele.
Nenhum garoto jamais tinha me dito isso. Ao abrir a porta do carro, tudo o que consegui pensar em dizer foi:
— A gente se vê... — Mas não era isso que eu queria ter dito.

3

— Conheci um garoto bem legal — contei à minha mãe naquela noite. — Apesar de ele ainda estar no ensino médio. — Mamãe estava no banheiro, cortando as unhas dos pés. — O cabelo dele é loiro-avermelhado e ele usa óculos. Ele gosta de esquiar.

— Qual o nome dele?

— Michael Wagner... Não é um nome legal?

Ela ergueu os olhos e sorriu para mim.

— A festa deve ter sido boa.

— Foi legal... Eu vou encontrar com ele na sexta de noite... E no sábado também.

— De onde ele é?

— Summit... Ele estuda com a Sybil. Posso pegar o seu cortador de unhas emprestado quando você terminar? Não estou achando o meu.

— Toma. — Mamãe me passou o cortador. — Mas não esquece de colocar no lugar quando terminar dessa vez.

— Pode deixar.

O nome da minha mãe é Diana, Diana Danziger. Soa como o nome de uma estrela de cinema ou algo assim.

Mas, na verdade, ela é bibliotecária, responsável pela sala das crianças na biblioteca pública. Minha mãe é naturalmente magra, então pode comer quatro cupcakes de uma vez só ou tomar quantas cervejas quiser. Nós somos exatamente do mesmo tamanho — medimos um metro e sessenta e oito e pesamos cinquenta quilos —, mas ela quase não tem peito e nunca usa sutiã.

Enquanto eu estava cortando as unhas do pé, minha irmã, Jamie, entrou no meu quarto, estendendo uma calça jeans.

— Eu fiz um bordado enquanto você estava na casa da Sybil. O que achou?

— Ficou lindo. Está fantástico!

— Quer que eu faça numa calça sua?

— Você faria?

— Claro.

— Até o final de semana que vem?

— Sim... Acho que consigo.

— Jamie... — Eu a abracei. — Você é absolutamente perfeita!

Jamie está no sétimo ano e se parece muito comigo, mas tem olhos lindos — grandes e redondos —, e se você olhar para dentro deles, fica com a sensação de que pode ver a alma dela. Às vezes, eles parecem muito escuros, com apenas uma beirada de verde, e, em outros momentos, eles brilham em um tom de verde-acinzentado por todos os lados, iguais aos do meu avô. O restante de nós têm olhos marrons comuns, mas as sobrancelhas do meu pai crescem retas sobre toda a ponte do nariz, e ele me disse que na faculdade costumava passar uma gilete para deixá-las separadas.

Jamie se soltou de mim.

— O que tem final de semana que vem? — perguntou ela.

— Vou encontrar alguém que conheci noite passada — contei. — E a verdade é que eu não sei como vou suportar esperar essa semana.

— Quer dizer que se apaixonou outra vez?

— Eu nunca me apaixonei antes.

— E o Tommy Aronson?

— Aquilo não era paixão... era uma paixonite infantil.

— Você disse que era... eu me lembro.

— Bom, eu não sabia de nada naquela época.

— Ah.

— Um dia você vai entender.

— Duvido — disse Jamie.

Eu queria que ela não tivesse tocado no assunto do Tommy Aronson, porque realmente gostei muito dele no ano anterior, mesmo que só por alguns meses. Agora ele está na Universidade de Ohio e o que tenho ouvido é que ele anda tão ocupado ficando com todas as garotas do campus que talvez seja reprovado. Eu espero que isso aconteça. Sexo era a única coisa que importava para ele, e esse foi o motivo pelo qual a gente terminou. Ele me ameaçou dizendo que, se eu não dormisse com ele, encontraria alguém que fizesse isso. Eu respondi que se essa era a única coisa que ele queria, era melhor procurar outra pessoa mesmo. E foi o que ele fez. O nome dela era Dorothy, e ela calhou de ficar na minha turma de inglês este ano.

Michael era nitidamente diferente de Tommy Aronson. Ele me ligava todas as noites.

— Oi... sou eu, o Michael — disse ele na terça-feira.

— Oi...

— Eu estou sentado na minha cama com uma belezinha de quinze anos...

— Ah, é?

— É... O nome dela é Tasha... Ela é cinza, peluda e tem uma barba imensa, mas amo ela mesmo assim.

Eu ri.

— É uma schnauzer?

— Como você adivinhou?

— A barba. Quinze anos não é um pouco velho para um cachorro?

— Em anos humanos, ela teria 105 anos.

— Ela ainda consegue se mexer?

— Claro... Ela só não late muito. Espera um pouco, vou colocar ela na linha... Diz oi pra Katherine, Tasha... não precisa ter vergonha...

— Oi, Tasha... Au... Au...

Na noite seguinte, perguntei a Michael se ele jogava tênis.

— Não muito... por quê, você joga?

— Aham... estou no time da escola.

— Ah, você é uma atleta, é?

— Não exatamente... Só faço isso e dança moderna...
— Então é uma dançarina?
— Hum... Tipo isso...
— Você dá piruetas usando aquelas roupas?
— Que roupas?
— Você sabe quais...
— Você quer dizer um collant?
— Isso.
— Eu uso um, sim.
— Gostaria de ver isso.
— Um dia, quem sabe... se você tiver sorte.

Na quinta-feira à noite, ele disse:
— Já te contei que estou tentando tirar a certificação pra me tornar instrutor de esqui até o final do ano que vem?
— Não...
— É, estou. Existe alguma chance de você gostar de espinafre?
— Credo, não... por quê, você gosta?
— É simplesmente a minha comida favorita.
— Tipo o Popeye?
— Tipo o Popeye.
— Já que é esse o caso, talvez eu tente desenvolver um gosto por espinafre... mas não posso prometer...
— Ei, sabia que amanhã é sexta-feira?
— Sei.
— Que tal sete e meia?
— Pode ser.

— Bom, te vejo amanhã então…
— Te vejo amanhã. Ah, Michael…
— Oi?
— Eu vou estar pronta.

Eu estava nervosa em relação a vê-lo de novo. Logo depois da escola, na sexta-feira, lavei o cabelo. Não consegui comer nada no jantar. Meus pais me lançaram uns olhares meio engraçados, mas nenhum dos dois disse nada. Jamie tinha bordado minha calça com cogumelos minúsculos e eu tinha comprado um suéter azul-claro para combinar. Uma vez, eu li que garotos preferem o azul-claro numa garota a qualquer outra cor. Fiquei pronta meia hora mais cedo do que precisava.

Assim que abri a porta, nós dois começamos a falar ao mesmo tempo. Então nos olhamos, rimos e eu soube que tudo ficaria bem entre nós dois.

Michael me seguiu até a sala de estar.

Minha mãe e meu pai estavam esticados no chão, fazendo um tapete de lã — o último design de Jamie. Ela desenha o modelo e nós três preenchemos com lã colorida. Tecer esses tapetes é muito fácil e divertido, mas eu não tinha certeza do que Michael pensaria disso e, por um instante, eu me arrependi de não ter pedido para eles ligarem a TV e ficarem sentados ali esperando.

— Michael — comecei. — Deixa eu te apresentar aos meus pais. Mãe… Pai… Esse é o Michael.

Meu pai se levantou e apertou a mão dele. Minha mãe empurrou os óculos mais para cima, descansando-os sobre a cabeça, para dar uma boa olhada em Michael. Ela só conseguia ver de perto quando estava de óculos. Michael limpou a garganta e olhou ao redor:

— Bela casa — disse ele. Minha mãe ficou satisfeita.

— Obrigada... nós gostamos também — disse ela. Tenho que explicar sobre a nossa casa. É muito normal do lado de fora, mas, do lado de dentro, é realmente uma bela casa, como Michael disse. Todas as paredes são pintadas de branco e estão tomadas por milhares de pinturas de Jamie e tapeçarias feitas em lindas cores vibrantes. A arte da minha irmã não é a arte comum de crianças de doze anos. Jamie é o que muitos chamariam de prodígio. Quando se combinam as plantas da minha mãe com a arte de Jamie, não se precisa de muito mais; nossa mobília é muito comum e meio bege, de forma que você não a nota, que é o objetivo.

Depois, Jamie desceu às pressas pela escada, gritando:

— Ele já chegou? Ele já foi embora? — Quando ela viu Michael, ficou corada. — Ah... Ele tá aqui.

Michael riu.

— Essa é minha irmã, Jamie... caso você não tenha adivinhado.

— Oi, Jamie.

— Oi.

Em vários sentidos, Jamie ainda é uma menininha. Ela tem muita admiração por mim — é isso que meus pais dizem, pelo menos. E eu acho que eles podem ter razão. Demorei muito tempo para me dar conta disso, mas quando percebi, foi algo que me ajudou a superar os ciúmes que eu tinha de todos os talentos dela. Não que eu não sinta uma pontada de vez em quando, como quando Michael admirou tudo que ela tinha feito e eu soube que ele não estava só elogiando para fazê-la se sentir bem, mas porque estava mesmo muito impressionado.

Assim que coloquei meu casaco, Michael e eu saímos. Nós fomos ao cinema Blue Star e ficamos de mãos dadas. Tudo em que eu conseguia pensar era o que aconteceria depois e em ficar sozinha com ele.

Depois do filme, paramos num numa lanchonete na Rota 22. Quando terminamos de comer, Michael disse:

— Você conhece algum lugar pra estacionar por aqui?

— Não — respondi. — Mas a gente podia ir pra minha casa.

— Seus pais não se importariam?

— Eles acham melhor eu levar meus amigos para casa do que ficar sentada num carro em algum lugar qualquer.

— Tá bem... então, de volta pra sua casa, Katherine.

Na verdade, eu conheço alguns lugares para estacionar. Tem um beco escuro não muito longe de onde moro, e tem também o campo de golfe e a ladeira. Erica mora na ladeira. Ela sempre encontra camisinhas pela rua. Eu não consigo entender como alguém poderia simplesmente jogar uma camisinha pela janela de um carro e deixar lá.

Minha mãe e meu pai conversaram comigo sobre essa história de estacionar quando comecei a sair com caras que dirigem. Eles explicaram como não é seguro, não por causa de qualquer coisa que poderíamos fazer, mas porque tem muita gente doida no mundo de olho nos casais que ficam estacionados por muito tempo. Então eu sempre convidei os meus namorados para minha casa. A gente tem um espaço num canto da sala de estar que é muito reservado. Tem uma porta separando e tudo. Parece uma salinha, e tem uma lareira com duas cadeiras reclináveis na frente, um rádio embutido na parede e um sofá confortável debaixo das janelas, com aquele tipo de almofadas em que as pessoas afundam. Tem um tapete imenso e lindo no chão com a cara de um leão no meio.

Minha mãe e meu pai costumam dormir cedo, entre dez e onze horas, a não ser que tenham que sair ou estejam recebendo visitas. Eles já estavam no quarto quando cheguei em casa com Michael. Eu não tenho um horário para chegar, mas preciso avisar que cheguei. Então, subi até o segundo andar na ponta dos pés e sussurrei:

— Ei... Cheguei.

Normalmente, meu pai me ouve e resmunga algo. Então, ele rola na cama e volta a dormir.

Michael tinha ligado o rádio e estava mexendo na lareira quando desci. Fechei a porta da salinha e me sentei no sofá. Ele tirou os óculos, os apoiou na mesinha lateral e se juntou a mim. Nos abraçamos e eu ergui o rosto. Mas, depois de um beijo curto, ele perguntou:

— Você escovou os dentes?

— Sim.
— Está com gosto de pasta de dente.
— E isso é ruim?
— Eu não me importo... mas deixa a sua boca gelada.
— Deixa?
— É.
— Eu não sabia.
— Tudo bem... vai esquentar num minuto.
— Espero que sim.
Quando nos beijamos de novo, Michael usou a língua. Eu queria que ele usasse.
Nós ficamos no sofá por uma hora. Michael passou as mãos pelo lado de fora do meu suéter, mas, quando tentou ir para baixo dele, eu disse:
— Não... Não precisamos fazer tudo agora.
Ele não me pressionou. Em vez disso, beijou minha bochecha, depois minha orelha, e sussurrou:
— Você é virgem?
Nenhum garoto tinha feito essa pergunta diretamente... Nem mesmo Tommy Aronson.
— Sou, sou sim... Isso importa?
— Não... mas é melhor eu saber.
— Bom, agora você sabe.
— Não precisa ficar na defensiva, Katherine. Não tem nada pra se envergonhar.
— Não tenho vergonha.
— Tudo bem então... Vamos só esquecer isso. Gosto de você do mesmo jeito. Gosto de estar com você.
— Gosto de estar com você também.

* * *

No meio da noite, me ocorreu que Michael me perguntou se eu era virgem para descobrir o que eu esperava dele. Se eu não fosse, ele provavelmente teria transado comigo. O que me assusta é que não tenho certeza de como me sinto em relação a isso.

4

Meu pai é farmacêutico. Ele é dono da drogaria Danziger na cidade e da filial em Cranford. Também é um grande fã de atividade física. Ele malha na academia quatro vezes por semana e joga tênis todas as manhãs, das sete e meia às oito e meia. Imagino que herdei a coordenação física dele. Eu jogo tênis desde os oito anos, e jogo bem. Um dos objetivos de Jamie é jogar tênis como eu, mas ela é um caso perdido quando se trata de esportes. Acho que ela deveria focar nas coisas que faz bem. Quer dizer, não dá para ser excelente em tudo. Eu sei muito bem que não tenho talento para música ou arte, como Jamie. Sou realista comigo mesma. Acho que todo mundo tem que ser.

Meu pai segue alertando minha mãe de que, se ela não começar a malhar logo, vai acabar com coxas flácidas. Não consigo imaginar minha mãe com flacidez em parte alguma, mas uns poucos meses atrás escutei a amiga divorciada dela dizer:

— Você devia mesmo se cuidar mais, Diana. Roger é tão atraente, e ele está naquela idade perigosa.

— Bobagem — respondeu minha mãe.

Só que, quando eu tinha nove anos e Jamie, quatro, a gente tinha uma babá que tinha uma *queda* pelo meu pai. Assim que meus pais saíam de casa, ela corria até o armário dele e tocava em todas as suas coisas. Ela até cheirava algumas peças de roupa. Enfim, eu contei isso para a minha mãe ela nunca mais chamou essa babá.

Durante as férias de Natal, quando as duas farmácias estão lotadas, eu ajudo vendendo cosméticos e Jamie às vezes faz os embrulhos para presente. Não dá para acreditar na quantidade de gente que compra presentes de Natal de última hora. Eles levam qualquer coisa que conseguem achar.

Em janeiro, os negócios ficam mais lentos e meus pais viajam por uma semana no fim do mês, em geral para o México. Então meus avós vêm ficar conosco. São os pais da minha mãe. Os pais do meu pai já faleceram. Minha avó, Hallie Gross, uma vez se candidatou para o Congresso, mas perdeu. Ela e meu avô são advogados e trabalham juntos em Nova York. Desde que meu avô teve um derrame, ele não pegou mais nenhum caso, mas ainda vai para o escritório todos os dias. Meu tio Howard, irmão da minha mãe, é quem realmente comanda as coisas. Vovó está sempre ocupada com política e com a Planned Parenthood (a Federação de Paternidade Planejada da América) e a NOW (a Organização Nacional de Mulheres). Por isso, ela não consegue atender tantos clientes. Não consigo acreditar que ela tenha quase setenta anos.

Na noite anterior à viagem dos meus pais, eles disseram que não teria problema se eu recebesse alguns amigos em casa. Michael trouxe Artie Lewin e eu chamei Erica. Uma coisa a respeito de Erica: não é necessário se preocupar se ela vai se dar bem com alguém ou não. Dá para juntar ela com o pior cara na face da terra e ela vai agir como se ele fosse especial. Isso não quer dizer que ela vai ficar com ele, mas vai encontrar um assunto para conversar e ele sempre vai ligar e pedir para sair com ela de novo. Minha avó diz que Erica seria excelente na política. Artie era da minha altura e tinha um belo corpo, pintinhas nos olhos e dentes muito bonitos. Ele era perfeito para Erica. Ela gosta de caras com dentes bonitos.

Por algum tempo, a gente ficou sentado e conversando, então Artie disse:

— E se a gente jogar uma partida de gamão?

— A gente não tem tabuleiro.

— Não tem problema — disse Artie. — O meu está no carro.

— Você trouxe um tabuleiro com você? — Erica perguntou.

— Eu sempre trago... para garantir.

— Para garantir... o quê?

— Garantir que a gente não vai ficar sem nada pra fazer. Mas se vocês não quiserem jogar gamão, eu tenho Banco Imobiliário, Detetive, General, xadrez...

— Palavras Cruzadas — acrescentou Michael.

— Ah, é... Palavras Cruzadas...

— Praticamente um game show itinerante — disse Erica.

— Então, o que me dizem? — perguntou Artie.

— Gamão — disse Erica.

— Ótimo... não saiam daí... Eu já volto.

Nós rimos quando Artie disparou para o carro para buscar o tabuleiro.

Erica é uma mestra em gamão. O jogo dela é muito agressivo. Porém, às dez da noite, ela tinha perdido duas partidas para Artie e o desafio estava no ar.

Michael e eu estávamos no sofá. Alcancei a mão dele e passei os dedos pelas linhas da palma.

— Muito interessante — falei.

— Você lê mãos?

— Às vezes.

— O que você vê?

— Ah... uma longa linha da vida... isso é bom. E, por aqui, eu vejo uma garota com cabelo castanho...

— Estou vendo essa também... — Ele me olhou nos olhos.

Senti um frio na barriga. Eu me aproximei de Michael o máximo que consegui. Descansei a cabeça no ombro dele e fiquei segurando sua mão. Ele passou o braço ao redor de mim.

Às dez e meia, nós convencemos Artie e Erica a fazer uma pausa no jogo e sair para comer pizza. Quando voltamos, mamãe e papai tinham ido dormir. Michael armou um fogo na lareira da salinha e nós apagamos todas as luzes. Erica e Artie se sentaram juntos numa cadeira reclinável, mas depois de poucos minutos se levantaram e foram para a sala principal, fechando a porta.

— Eu amo o seu cabelo — sussurrou Michael, enterrando o rosto nele. — Sempre tem um cheiro tão bom. — Ele beijou minhas orelhas, meu pescoço e meus lábios. Então, se levantou e atravessou o recinto. — Deita aqui do meu lado, Kath... aqui, na frente do fogo.

Essa era a quinta semana seguida que a gente se encontrava. Eu tinha pedido a ele para ir com calma comigo, e ele prometeu que iria. Me estiquei ao lado dele. Senti o seu corpo no meu. Ele passou a mão por baixo do meu suéter e tentou abrir meu sutiã, e eu me perguntei se deveria ajudar ou só ficar deitada, esperando. Ele conseguiu abrir. No começo, as mãos dele estavam geladas, mas eu nem hesitei. Apertei meu corpo no dele com o máximo de força que consegui.

— Sou louco por você.

Ele me tocou e nos beijamos até o mesmo disco tocar pela terceira vez. Mas, quando ele começou a procurar o botão do meu jeans, eu me endireitei e disse:

— Não... agora não... não com eles aqui do lado.

Michael saiu de cima de mim, ficou de barriga para cima e meio que gemeu. Eu me abaixei e acariciei o cabelo dele.

— Você não ficou chateado, ficou?

— Não.

— Tem certeza?

— Tenho... mas isso é muito difícil...

— Eu sei...

— Só me dá um minuto sozinho, tá bem?

— Claro.

Eu precisava de um minuto sozinha também. Não foi fácil parar.

Abri a porta da salinha devagar, sem muita certeza do que ia encontrar do outro lado, mas Erica e Artie estavam sentados à mesa da cozinha, jogando Banco Imobiliário. Erica nunca perde nesse jogo. Ela rouba do banco.

— Bom... — disse Erica, me espiando. — A gente tinha começado a desistir de vocês dois.

— A gente... hum...

Erica levantou a mão.

— Por favor, nos poupe dos detalhes sórdidos.

— Cadê o meu amigo? — perguntou Artie.

— Ah... ele já vai sair.

Eu fui até o andar de cima, para o banheiro, e joguei água fria no rosto. Se Artie e Erica não estivessem lá, eu duvido que tivesse impedido Michael de abrir a minha calça jeans. Mas não tenho certeza. Agora eu queria que os garotos fossem embora.

Michael já tinha vestido o casaco quando eu desci as escadas.

— Temos que ir embora. Já ficou tarde... a gente se vê na semana que vem. — Ele me deu um beijinho rápido.

Eu me arrependi de ter convidado Erica para passar a noite na minha casa. Enquanto ela se preparava para dormir, eu disse:

— Acho que esqueci de apagar a luz da salinha... Já volto...

Corri para o andar de baixo. Eu já tinha apagado todas as luzes, mas Erica não sabia disso. Eu me sentei no tapete onde Michael e eu tínhamos estado. Nosso tapete, pensei. Corri as mãos sobre ele. Ainda estava quente. Quando voltei para o quarto, Erica estava na cama.

— Eram muitas luzes pra apagar, hein — disse ela.

— Pois é. — Eu olhei para ela. — Você gostou do Artie?

— Ele é legal, mas acho que é tímido, ou alguma coisa assim. Ele não tentou me beijar.

— Ele não pareceu tímido.

— Eu sei... é isso que é engraçado... não estou com mau hálito nem nada, estou? — Ela se sentou na cama, inclinou-se e expirou com força no meu rosto.

— Seu hálito tá normal.

— Talvez ele não tenha se atraído por mim. Talvez ele pense que sou nova demais.

— Provavelmente não foi nada disso.

— Talvez ele seja inexperiente. Se fosse esse o problema, eu podia ensinar. Eu não me importaria nem um pouco... Amei os dentes dele.

Eu vesti a camisola.

— Eu sabia que você ia amar.

— Me conta do Michael, Kath.

— O que tem ele?

— Ele é bom?

— Aham... ele sabe o que tá fazendo.

— Você ama ele?

— Gosto muito dele... e isso é tudo o que sei por enquanto. Acendi a luz do quarto. Eu ainda não ia dizer que amava o Michael. Eu tinha sido rápida demais pensando que amava Tommy Aronson e nós dois nem chegamos a ser amigos. Eu já conhecia o Michael melhor do que jamais conheci o Tommy. E o que eu havia sentido pelo Tommy no ano passado não era nada em comparação ao que sentia agora pelo Michael.

— Você ainda é virgem? — perguntou Erica.

— Sou, sim.

— E ele?

— Eu não sei... Não perguntei.

— Eu andei pensando que talvez não fosse uma ideia tão ruim dormir com alguém antes de ir pra faculdade.

— Simples assim?

— Bom... Claro que eu teria que sentir atração pelo cara.

— E amor?

— Você não precisa amar pra transar.

— Mas é mais significativo se amar.

— Ah, eu não sei. Dizem que a primeira vez nunca é boa, de qualquer forma.

— E esse é exatamente o motivo por que você deveria pelo menos amar a pessoa — argumentei.

— Talvez... mas eu realmente gostaria de resolver logo isso.

— Pra quê?

— Eu fico pensando nisso o tempo todo... me perguntando quem vai ser a pessoa... tipo hoje, eu fiquei me imaginando com o Artie, e na escola eu passo um tempão na aula pensando como seria transar com cada cara…

— Sério?

— Sério, até os professores… eu me imagino com eles também. Especialmente o sr. Frazier, já que ele nunca fecha a braguilha até o final. Fala a verdade, Kath… você não pensa nisso?

— Bom, claro que sim… mas quero que seja especial.

— Você é uma romântica. Sempre foi. Eu sou uma realista.

— Você está começando a falar como uma professora universitária…

— Estou falando sério. Nós enxergamos sexo de formas diferentes… Eu vejo como uma questão física enquanto você vê como uma expressão de amor.

— Não é bem assim…

— Talvez não seja, mas essa é a ideia que me passa.

— Bom, você não conhece o Michael… e isso é tudo que posso dizer.

5

Outra coisa a respeito de Jamie é que ela sabe cozinhar. Não cachorros-quentes e hambúrgueres que nem eu, mas comida de verdade, gourmet. Juro. Quando meus avós vieram ficar com a gente na primeira semana de fevereiro, foi Jamie quem cozinhou. Todas as noites, antes de irem dormir, vovó e Jamie se debruçavam sobre livros de culinária para decidir o cardápio do dia seguinte. Enquanto Jamie estava na escola, vovó fazia as compras no mercado. Uma vez, ela dirigiu até Nova York para comprar temperos especiais para uma receita. Depois da escola, as duas começavam o trabalho na cozinha, preparando o banquete. Jamie dava tarefas pequenas à vovó, como cortar cebolas em pedacinhos pequenos, e se encarregava das partes importantes. Já que tinham todo esse trabalho, elas normalmente convidavam outras pessoas para comer. Minha avó conhece todo mundo, do prefeito até o atendente da peixaria, então nunca dava para saber quem poderia aparecer para o jantar.

Enquanto elas cozinhavam, vovô entrava na cozinha, levantando tampas de panelas para sentir o cheiro. Desde que teve um AVC, ele precisa caminhar com uma bengala e tem dificuldade para falar. Ele nem sempre consegue encontrar as palavras certas. É triste ver o vovô com dificuldades para dizer algo simples e é difícil se controlar para não terminar a frase por ele. Minha mãe era muito próxima do vovô quando era mais nova e agora, quando estão juntos, dá para ver quanta dor ela sente ao vê-lo assim. Mas minha avó o trata da mesma forma de sempre, como se não houvesse nada de errado.

Ouvi dizer que pessoas que vêm de um lar feliz, com pais que realmente se amam, que nem meus avós, tendem a ter bons casamentos. E eu acredito nisso. Minha mãe e meu pai certamente são o casal mais feliz que eu conheço. Eles gostam mesmo de passar tempo juntos — o que não quer dizer que concordem em tudo, porque definitivamente não é o caso. Mas eles conseguem rir das discussões quando elas terminam, e eu gosto disso.

Na noite de quinta-feira da semana em que meus pais estavam fora, Michael me buscou no meu trabalho voluntário no hospital e me levou para casa.

— Em que andar você trabalha? — perguntou ele.
— Terceiro. Na geriatria.
— Geriatria… é dos velhos, não é?
— É.
— Por que colocaram você lá?
— Porque eu pedi.
— Por quê?
— Ah… é uma longa história…
— Eu não me incomodo.
— É difícil de explicar…

— Vamos lá, estou interessado... de verdade...

— Bom... quando eu era criancinha, a mãe do meu pai vivia num asilo de idosos em Trenton, e todo domingo a gente tinha que ir lá de carro pra visitar, e eu sempre acabava chorando... Tem certeza de que quer ouvir isso?

— Sim...

— Tá bem. Então, meus pais diziam que eu só estava cansada demais da viagem demorada, mas a verdade é que eu odiava aquele lugar. Só o cheiro de lá me dava náusea... sabe?

— Continua...

— Bom, eu nunca conheci minha avó... como pessoa, digo... Ela era só uma senhora idosa com dedos tortos e pele enrugada, e eu meio que tinha medo dela... e de gente velha também... Eu tinha medo de que alguém me pegasse, me enfiasse num armário e meus pais nunca conseguissem me encontrar... — Eu lancei um olhar para Michael antes de continuar. — Então, quando eu tinha uns sete anos, minha avó morreu, e fiquei aliviada... porque a gente não precisava mais ir para Trenton. Nossa, eu nunca contei essa história pra ninguém... — Respirei fundo. — Enfim, quando meu avô... o pai da minha mãe, você vai conhecer ele hoje à noite... quando ele ficou doente no ano passado e fui no hospital visitar, eu me dei conta de que ele era velho também, mas eu não tinha medo dele, porque eu o amava. Acho que isso não vai fazer muito sentido para você... mas é por isso que pedi pra trabalhar na geriatria...

— Faz muito sentido — disse Michael.

— Olha, não me entenda mal. Eu não sou uma heroína tipo a Florence Nightingale… não sou muito fã de sangue e tripas… e eu não faço muito pelos pacientes. Só entrego as correspondências e as flores… e levo água, arrumo as camas… nada de especial, mas eu me sinto bem fazendo isso...

— Te deixa muito bonita também.

Fechei mais o jaleco e ri.

— Sempre me sinto meio boba de uniforme… como se estivesse vestida para uma peça ou coisa assim.

— Aliás, isso me lembra de uma coisa… a nossa peça da escola estreia em duas semanas. Artie faz o personagem principal.

— Artie… Eu não consigo imaginar o Artie no palco.

— Por que não?

— Eu não sei, ele não me parece o tipo…

— Você se surpreenderia.

— Ele é tão tímido.

— Tímido? O Artie? Nunca.

— Não com você…

— Você tá falando da Erica!

— Aham.

— Aí eu já não sei...

— Bom, de qualquer forma, eu gostaria de ver Artie na peça.

— Ah, que bom, e tem uma festa depois da apresentação… na casa da Elizabeth Hailey.

— Você não costumava sair com ela?

— Não exatamente.

— Mas no Ano-Novo…

— A gente estava junto, mas não era nada especial.

— De qualquer forma... você não se sentiria esquisito me levando pra casa dela?

— Por que eu deveria? — Michael tirou uma mão do volante e segurou a minha. — A gente tá junto, não tá? Não é um grande segredo nem nada.

Eu entrelacei nossos dedos.

Quando chegamos na minha casa, vovó, vovô e Jamie estavam recebendo os DiNizios, da casa do lado (eu costumava ser babá dos filhos deles), e o sr. e a sra. Salamandre, nosso açougueiro e a esposa dele. Apresentei Michael a todo mundo, então minha avó insistiu que nós nos juntássemos a eles para a sobremesa, que era mousse de chocolate com cobertura de amêndoas. Michael disse que era a melhor sobremesa que ele já tinha provado e Jamie brilhou de alegria.

Depois disso, Michael teve que ir embora, e eu precisava estudar para uma prova de espanhol. Eu o acompanhei ao carro e entrei por um minuto. Nós demos um beijo de despedida.

Mais tarde, vovó disse:

— Ele é um bom garoto, Kath.

— Eu sei.

— Inteligente.

— Aham.

— Bonito, também.

— Concordo.

— Só tome cuidado... esse é o meu único conselho.

— Cuidado com o quê?

— Para não engravidar.
— Vovó!
— E não pegar doenças.
— Francamente...
— Você tem vergonha de falar sobre essas coisas?
— Não tenho, mas...
— Não deveria ter.
— Mas escuta, vovó... A gente não tá dormindo junto.
— Ainda — disse ela.

Nos velhos tempos, as garotas eram divididas em dois grupos: as que dormiam com rapazes e as que não. Minha mãe me contou isso. As garotas boazinhas não dormiam, claro. Essas eram as que os garotos queriam casar. Estou feliz que esses dias tenham passado, mas ainda fico brava quando os mais velhos acreditam que todo mundo da minha geração sai transando por aí. Provavelmente são as mesmas pessoas que acham que todos os jovens usam drogas. É verdade que a gente é mais aberto do que nossos pais, mas isso só quer dizer que aceitamos sexo e falamos sobre isso. Não quer dizer que estamos correndo para ir dormir com todo mundo. Fiquei muito surpresa que vovó pensou que Michael e eu fôssemos amantes, no sentido carnal.

Na última noite em que nossos avós ficaram conosco, eles tinham ingressos para um concerto no Lincoln Center. Eu disse que eles deveriam ir e que eu ficaria em casa com Jamie e chamaria o Michael para nos fazer companhia. Jamie gostou da ideia de cozinhar algo especial para ele. Finalmente, vovó disse:

— Falei com os DiNizios e eles vão estar em casa qualquer coisa, e vocês sabem para que número ligar no caso de incêndio, não sabem?

— Sabemos — respondi.

— Então acho que tudo bem se nós formos.

— Eu trabalho como babá desde o nono ano — expliquei.

— Eu sei, eu sei... mas com sua mãe e pai viajando, eu me sinto responsável por vocês.

— Vai ficar tudo bem. Você e vovô não precisam se preocupar... só se divirtam.

Jamie cozinhou o dia todo. Ela fez uma vitela ao marsala, salada de espinafre e uma torta de limão com merengue. Michael devorou tudo. Quando terminamos, eu disse a ela que lavaria a louça com Michael e ela foi para o andar de baixo praticar piano. Ela tem uma espécie de estúdio lá embaixo, onde pode trabalhar na sua música e arte sem perturbação.

Michael e eu enchemos a máquina de lavar louça, mas não tinha espaço para colocar as panelas e frigideiras, então enchi a pia com água quente espumando e disse:

— Eu lavo e você seca. — Passei um pano de prato para ele.

— Você não tem medo de ressecar as mãos lavando louça?

— Não... Você tem?

— Ah, eu tenho... — Ele estendeu as mãos, fingindo admirá-las. — Eu só uso cosméticos de qualidade. É por isso que todo mundo acha que eu tenho dezoito anos em vez de trinta e oito. Minhas mãos não me denunciam.

— Bobo! — Joguei umas espumas de sabão nele.

— Ei... — Ele enfiou a mão na pia, pegou um punhado de espuma e jogou em mim.

Então eu joguei mais, ele jogou em mim e nós fizemos uma batalha de espuma incrível até estarmos gargalhando histericamente, pingando de tão encharcados. Eu gritei:

— Chega, Michael... por favor!

Ele secou o rosto com o pano de prato, então começou a me atingir com ele, como se fosse um chicote.

— Trabalha, trabalha... limpa essa bagunça.

— Para... — pedi, saltando para longe, mas ele continuou batendo o pano nas minhas pernas. Eu corri pela cozinha, dando um gritinho, com Michael me perseguindo, só que agora ele estava mirando o pano na minha bunda.

— Vou pegar você — falei, chegando no armário de vassouras.

Saí armada com o espanador e fiz cócegas no rosto dele.

— Você vai ver só — disse Michael, me segurando pelos pulsos.

Eu larguei o espanador enquanto ele me empurrava contra a bancada. Ele tirou os óculos antes de me beijar.

— Por que você sempre faz isso? — perguntei a ele depois.

— Você já tentou beijar alguém usando óculos?

— Não.

— Bom... eles atrapalham — disse ele. — Seu cabelo está todo molhado.

— O seu também. — Toquei o cabelo dele e o amassei. — É melhor a gente se secar.

Fomos para o andar de cima, para o banheiro. Quando olhei no espelho, fiquei surpresa.

— Ei, estou mesmo com sabão no cabelo.

— Lembra quem começou — disse Michael.

— Humpf!

— Eu tiro com shampoo pra você, se quiser.

— Mesmo?

— Claro.

— Na pia?

— A não ser que você prefira no chuveiro.

— Engraçadinho.

— E aí?

— Tá bem. — Eu entreguei o shampoo para ele e me inclinei na pia.

Ele fez um bom trabalho lavando o meu cabelo e, quando terminou, enrolei uma toalha ao redor da cabeça e lavei o cabelo dele. Nós esfregamos os cabelos um do outro até que estivessem quase secos.

— Preciso trocar de camiseta — falei. — Essa tá encharcada.

— Vai lá.

Segui pelo corredor até meu quarto. Michael estava logo atrás de mim.

— Só um minutinho — falei para ele enquanto fechava a porta do quarto.

Mas ele empurrou a porta para abrir de novo.

— Eu quero ficar.

— Ai, Michael... fala sério.

— Prometo que não vou tocar em você. — Ele fechou a porta.

Peguei um suéter e um sutiã da gaveta da minha cômoda enquanto Michael testava meu colchão.

— Muito bom — disse ele. — Firme, mas não duro demais.

— Fico feliz que você aprova.

— Sabia que colchões moles não são bons para transar?

— Michael...

— É verdade... Estou falando sério.

— Muito interessante... Agora, você poderia sair pra eu poder trocar de roupa?

— Você tem vergonha do seu corpo, Katherine?

— Não, é claro que não.

— Então qual é a diferença se eu ficar?

— Ah... — Balancei a cabeça negativamente para ele, virei de costas e abri a minha camisa.

Eu a tirei e abri meu sutiã, que também estava molhado. Então, hesitei por um instante e tirei o sutiã também. Alcancei o sutiã seco e o vesti. Durante todo esse tempo, nenhum de nós disse nada.

Então, Michael estava atrás de mim.

— Você prometeu. — Eu o lembrei.

— Eu fecho pra você... só isso.

— Não precisa se incomodar.

— Não é incômodo nenhum. — Mas, em vez de fechar o sutiã, ele passou as mãos ao redor dos meus seios e beijou minha nuca.

— Por favor, Michael... não.
— Por que não, Kath?
— Porque...
Houve uma batida na porta e ouvimos Jamie gritando:
— O que vocês tão fazendo aí dentro? A cozinha tá uma zona e já tá quase na hora do filme das nove.
— Já vou... — respondi, fechando o sutiã e vestindo o suéter. Então me virei para Michael e sussurrei: — Por isso...
— Você e suas desculpas... — ele disse.
— Ha, ha.

Nós terminamos de arrumar a cozinha e nos sentamos na salinha com Jamie para assistir ao filme de sábado à noite na televisão. Quando terminou, Michael deu um beijo de boa-noite em cada uma de nós, o meu nos lábios e o de Jamie na bochecha. Ela ainda estava tocando o próprio rosto quando fui desejar boa noite.

— Eu acho que o Michael é o garoto mais gentil do mundo — disse ela.
— Então somos duas.
— Queria tanto que ele tivesse um irmão mais novo.
— Seria legal... mas ele não tem.
— Kath...
— Hmmm?
— O que vocês dois estavam fazendo no quarto?
— Nada, Michael só queria ver como era.
— Ah, Kath... Não conto pra ninguém.
— Não tem nada pra contar.
— Eu já sei tudo sobre sexo.

— Parabéns!

— Era sexo?

— Jamie!

— Essa palavra não é feia... ódio e guerra são palavras feias, mas *sexo* não é.

— Eu nunca disse que era.

— Então, vocês estavam transando?

— Não... não estávamos... mas, mesmo se estivéssemos, eu não te contaria.

— Por que não?

— Porque não é da porcaria da sua conta... por isso.

— Ah, nossa... — disse ela, estalando a língua. — A sua geração é tão estressada com sexo.

6

— Como foi com o Artie? — perguntei a Erica na segunda-feira. A gente estava na aula de biologia, classificando moluscos.

— Vou te contar como foi — disse Erica. — Não foi!

— Ele não apareceu?

— Ah, ele apareceu, sim.

— E aí?

— Nada, ainda... nem um beijo.

— Estranho.

— E eu tenho certeza de que ele gosta de mim. Ele me convidou para assistir à peça dele na escola... ele faz o papel principal.

— Fiquei sabendo. Eu vou com o Michael.

— Eu sei... Artie disse que vai combinar de eu ir com vocês.

— Tudo bem.

— Se ele não tentar nada depois da festa, eu vou fazer alguma coisa a respeito. Não posso ficar sentada esperando pra sempre.

O sr. Kolodny ergueu os olhos da escrivaninha dele.

— Vocês duas aí no fundo poderiam parar de conversar e voltar ao trabalho?

Puxei uma folha de caderno, escrevi *Tipo o quê?* e arrastei-a para a Erica.

Ela escreveu de volta: *Algo drástico!*

Na noite da peça, Michael, Erica e eu nos sentamos na quarta fileira do auditório da escola Summit High. A peça era *Liberdade para as borboletas* e Artie fazia o papel de um garoto cego tentando se virar sozinho. Michael tinha razão: Artie me surpreendeu de verdade. Ele era tão bom quanto um ator profissional. De alguma forma, ele parecia diferente no palco, mais seguro. Ele fez com que eu me esquecesse que era Artie Lewin, o maluco dos jogos.

Sybil interpretava a mãe dele, e Elizabeth era a namorada, mas elas nem se comparavam a Artie. Não ajudava muito que Sybil parecesse maior do que nunca e ficasse mexendo na peruca cinza. O figurino de Elizabeth se resumia ao biquíni mais revelador da história e, quando ela subiu ao palco, Erica me cutucou com o cotovelo. Por algum motivo idiota, senti que precisava dizer algo a Michael para mostrar que não sou do tipo ciumenta. Então eu me inclinei e sussurrei:

— Ela é muito bonita. — Como é que eu consegui bolar uma observação tão inteligente?

— Aham — respondeu Michael.

Quando a peça terminou, a plateia ficou de pé para aplaudir Artie.

— Eu não fazia ideia… — Erica repetia sem parar. — Eu simplesmente não consigo acreditar.

— Nem eu.

— Eu falei — disse Michael. — É a coisa mais importante na vida dele.

Ao observar Artie fazer outra reverência, pude ver que Michael tinha razão de novo.

Tentamos ir para a coxia, mas havia dois professores encarregados de mandar todo mundo para fora, pois já estava tarde e os zeladores estavam ansiosos por fechar a escola. Erica disse que esperaria Artie e que Michael e eu deveríamos ir na frente para a festa.

Eu não estava muito animada para ir para a casa de Elizabeth e ter que lidar com ela. Mas não havia nada que eu pudesse fazer a respeito sem ser óbvia. Além disso, como Artie se sentiria se seu melhor amigo não aparecesse?

A casa de Elizabeth ficava numa rua muito parecida com a minha. Foi a mãe dela quem atendeu a porta.

— Michael... — disse a sra. Hailey. — Que bom ver você de novo.

— Sra. Hailey... Esta é Katherine Danziger.

— Olá — cumprimentei.

— Entrem, entrem... — disse a sra. Hailey, me avaliando. — Todo mundo está no andar de baixo. Michael, você sabe o caminho.

Será que ela disse isso por minha causa, para deixar claro que Michael já havia estado ali antes?

Tinha bastante gente, talvez trinta ou quarenta pessoas, e assim que o elenco chegou, todo mundo os cercou, parabenizando. Michael deu uns soquinhos amistosos em Artie, depois se inclinou e sussurrou algo para ele. Artie sorriu, assentiu com a cabeça e respondeu:

— Valeu, cara.

O pai de Elizabeth filmou a festa pela meia hora que se seguiu. Artie foi realmente um arraso. Michael deu um beijo na bochecha de Elizabeth e disse:

— O papel foi feito para você... você estava ótima.

— Fico feliz que você tenha gostado — respondeu Elizabeth.

Eu me afastei, sentindo um embrulho no estômago. Sybil estava parada num canto, conversando com algum garoto. Eu me aproximei dela e falei:

— Gostei muito da peça... você estava ótima.

Sybil riu.

— Obrigada, mas sei que não é para tanto... — Ela me apresentou ao garoto que, no final das contas, era o irmão mais novo de Elizabeth. Eu me perguntei se ele entraria na lista dela.

Erica me puxou para o lado, olhou na direção de Artie e disse:

— Ele está muito feliz, voando nos elogios... Eu não me surpreenderia se hoje fosse a noite...

— Boa sorte — respondi sem entusiasmo.

— Ah, aí está você. — Michael parou ao meu lado e segurou minha mão.

— A gente se conhece? — perguntei, me afastando.

— O que você quer dizer com isso?

— Nada — falei. — Deixa pra lá. — Fui até Artie, que estava sentado no sofá cercado de fãs. Quando tive a oportunidade, comentei: — Sei que você já ouviu isso a noite toda, mas você estava incrível, de verdade.

— Valeu, Kath. — Ele chegou para o lado, abrindo espaço para eu sentar ao lado dele.

— Como você consegue? Você me convenceu mesmo de que era cego.

— Eu não sei... É só algo que vem naturalmente.

— Fala sério, Artie...

— Estou falando sério. Não sei como eu faço. Eu sempre quis atuar... desde que me entendo por gente.

— Você quer dizer profissionalmente?

— Sim... é difícil começar, mas eu vou tentar.

— Acho que você vai conseguir.

— Espero que esteja certa... Onde está meu amigo?

— Ali, falando com a Erica...

— Ei! — Artie chamou, gesticulando para Michael e Erica se juntarem a nós.

Desta vez, Michael não pegou minha mão.

Observei e esperei a noite toda por alguma troca de olhares furtiva entre Elizabeth e Michael, mas, até onde consegui ver, nada aconteceu, e quando nós duas enfim conversamos, ela foi tão simpática — até disse que se lembrava de mim da noite de Ano-Novo — que só fez com que eu me sentisse pior.

A festa ainda estava animada quando Michael disse:

— Vamos embora.

— Por quê... você não está se divertindo? — perguntei.

— Não muito... você está?

Não respondi. Subi as escadas para pegar meu casaco e fiquei de bico no caminho todo até em casa. Michael não disse uma palavra. Nem ao menos olhou na minha direção. Quando chegamos na minha casa, abri a porta da frente.

— Você vai entrar? — perguntei a ele.

— Você quer que eu entre?

— Se você quiser — falei, como se realmente não importasse.

— Você é quem sabe.

— Não me faça favores. — Como se eu não estivesse esperando a noite toda para ficar sozinha com ele.

Entrei na sala. Michael me seguiu. Nós tiramos os casacos.

— Eu fiz alguma coisa, é isso? — Ele enfim perguntou.

— Não.

— Então o que foi?

— Ah, sei lá... tudo... fiquei pensando em você e Elizabeth...

— Você está com ciúmes?

— Talvez, não tenho certeza.

— É por isso que você foi insuportável a noite toda?

— Acho que sim.

Ele começou a rir.

— Eu não sabia que você era tão ciumenta.

— Eu não sou! — Assim que falei, me dei conta de como soava idiota e ri também.

— Ei... tive um sonho com você noite passada — disse Michael.

— Como foi?
— Muito sexy...
Peguei a mão dele e fomos para a salinha.
— Desculpa por ter sido tão chata hoje.
— Deixa pra lá — disse ele. — É legal que você se importe. Só me promete uma coisa...
— O quê?
— De agora em diante, a gente tem que ser honesto um com o outro. Se algo está te incomodando, diga, e eu faço o mesmo... combinado?
— Combinado.
— Beleza.

Nós nos deitamos no nosso tapete e, depois de um tempo, quando Michael passou a mão por baixo da minha saia, eu não o impedi, não naquele momento nem quando a mão dele estava dentro da minha calcinha.

— Eu te quero tanto — disse ele.
— Eu também te quero. Mas eu não posso, não estou pronta, Michael...
— Está... está, sim... estou sentindo que você quer.
— Não... — Empurrei a mão dele e me sentei reta.
— Estou falando de estar pronta mentalmente.
— Pronta mentalmente — repetiu Michael.
— Isso.
— Como uma pessoa fica pronta mentalmente?
— A pessoa tem que pensar... tem que ter certeza...
— Mas tudo indica que você quer...
— Meu corpo tem que estar em sintonia com a minha mente.

— Putz...
— Não é fácil pra mim também.
— Eu sei, eu sei... — Ele passou o braço ao meu redor. — Olha, a gente pode se satisfazer sem fazer a coisa toda...
— A gente vai, logo...
— Se eu não te conhecesse, diria que você está só me provocando.
— Eu nunca te provocaria desse jeito.
— É, eu sei disso também.
— Você quer que eu seja honesta, não quer?
— Sim.
— Bom, a questão é que, eu não sei exatamente como fazer isso... como satisfazer você, quer dizer.
— É a coisa mais fácil do mundo — disse Michael, soltando o cinto.
— Agora não...
— Quando?
— Logo, mas não hoje.
— Promessas e mais promessas...

Depois que Michael foi para casa e eu estava na cama, tentando pegar no sono, pensei em transar com ele — a coisa toda, como ele havia dito. Será que eu faria barulhos, como minha mãe? Eu sempre sei quando meus pais estão transando, porque eles fecham a porta do quarto quando acham que Jamie e eu já estamos dormindo. É difícil não ouvir. O meu quarto é logo ao lado do deles. Às vezes, eu os ouço rindo de leve e às vezes minha mãe solta uns gemidinhos ou fala "Roger... Roger...". Mesmo que eu saiba que é uma coisa natural e fique feliz pelo amor dos dois, não consigo deixar de me sentir desconfortável. Como seria estar na cama com Michael? Às vezes eu quero tanto... mas outras vezes tenho medo.

7

— Adivinha o que vamos fazer no feriado? — Michael perguntou.

Mudei o telefone de uma orelha para a outra.

— Não sei.

— Esquiar.

— Mas eu não sei esquiar.

— Eu vou te ensinar.

— Mesmo?

— Sim, a gente vai pra casa da minha irmã em Vermont… ela vai ligar daqui a pouco pra passar os detalhes pra sua mãe.

— É sério?

— Pode acreditar. Escuta, você vai gostar da Sharon, e o marido dela, o Ike, é legal também.

— Parece ótimo.

— Vai ser incrível… e, Kath, espera só até ver a neve.

Quando desliguei, corri pra sala de estar:

— Adivinha para onde o Michael me convidou?

— Para a formatura dele? — perguntou papai.

— Não, nada assim.

— Bom, conte — pediu mamãe.

— Pra Vermont, pra esquiar... a irmã dele tem uma casa lá. Ela vai ligar pra vocês.

Minha mãe olhou para o meu pai.

— Eu posso ir, né? — perguntei.

— Bom... — começou meu pai.

— Por favor!

— Você não pode esperar que a gente já responda assim, do nada, Kath — disse mamãe.

— Temos que pensar a respeito — disse papai. — Depois de saber os detalhes.

Mais tarde, quando o telefone tocou, eu disse:

— Deve ser a irmã do Michael... O nome dela é Sharon.

— Vou atender no segundo andar — avisou mamãe, mas a essa altura Jamie já tinha atendido o telefone e estava chamando:

— Ei, mamãe! Ligação pra você... Uma tal de Sharon.

— O que ela disse? — perguntei, quando minha mãe desceu as escadas de volta. — Você disse que eu posso ir?

— Ela pareceu muito gentil — disse mamãe.

— E o que mais...?

— Ela disse que ela e o marido levariam vocês a Vermont de carro na sexta-feira. É uma viagem de umas sete horas. A casa deles fica perto de Stowe.

— Quando eles voltariam? — perguntou papai.

— Segunda-feira à tarde.

— São três noites.

— Que diferença faz? — falei.

— Eles têm bastante espaço, Roger — disse mamãe, e eu soube naquele momento que ela estava do meu lado, que ela me deixaria ir. — Eles dividem a casa com dois outros casais, mas vão ficar com a casa só para eles no final de semana. Ela falou que são três quartos.

— Não sei — disse papai.

— O marido dela é residente em clínica médica — continuou mamãe.

— Então vocês não vão precisar se preocupar comigo ficando doente.

— Só com você quebrar uma ou duas pernas — disse papai.

— Vou tomar muito cuidado, prometo!

— Eu não sei... Esquiar é perigoso.

— Não é mais perigoso do que andar de carro — argumentei.

— Nos dê um tempo para conversar a respeito hoje à noite — pediu meu pai. — E vamos te avisar amanhã.

— Não entendo o que mais vocês precisam discutir... é tudo muito simples.

— Não gosto de tomar decisões apressadas.

— Mãe...

— Seu pai tem razão. Vamos pensar de noite, Kath.

— Eu quero muito ir.

— A gente sabe disso — disseram os dois ao mesmo tempo.

Não sei como sobrevivi àquela noite. Falar com Erica me ajudou um pouco.

— Minha mãe me deixaria ir, mas meu pai pareceu com um pouco de medo de dizer sim.

— É lógico — disse Erica. — Os pais têm complexos com suas garotinhas. Não toleram a ideia de suas preciosas filhas transando.
— Você acha que isso é o que está incomodando ele?
— Com certeza. Não tem nada a ver com você quebrar a perna, como ele disse... Tem a ver com perder a virgindade.
— Ai, Erica!
Ela riu.
— Mas aposto que sua mãe convence ele a deixar você ir.
— Nossa... Espero que sim.
— Eu adoraria poder viajar com o Artie.
— Imagino que as coisas tenham melhorado entre vocês dois.
— Isso depende da sua definição de *melhorar*.
— Você entendeu.
— Não melhoraram dessa forma... mas estamos ficando mais honestos um com o outro, pelo menos... e não dá pra ter uma relação decente sem honestidade.
— Isso é justamente o que Michael e eu falamos outro dia... Ele disse praticamente a mesma coisa.
— É verdade.
— É, mas você disse que faria algo drástico se nada acontecesse depois da peça.
— Eu fiz. Quando ele me levou pra casa da festa e me deu um beijo de boa noite na bochecha, eu fui direto ao ponto e perguntei pra ele: "Artie, você é gay?"
— Mentira!

— Quer apostar?

— O que ele disse?

— Ele disse: "Eu não sei, Erica, estou tentando descobrir."

— Não acredito...

— Aí eu perguntei: "Artie... como você vai descobrir se tudo o que a gente faz junto é jogar Banco Imobiliário, bingo, xadrez, gamão... eu não aguento mais."

— E aí?

— Ele disse: "Eu tenho medo de tentar, Erica." Isso é ser honesto, você não acha?

— Com certeza.

— Então eu falei pra ele não se preocupar, que vou ajudá-lo a descobrir, e ele disse que gostaria muito disso. Então, no final de semana que vem, enquanto vocês estiverem em Vermont...

— Se me deixarem ir — corrigi.

— Se te deixarem ir... Artie e eu vamos tentar descobrir a verdade.

Depois da aula, fui até a biblioteca.

— Você pode ir — disse minha mãe, antes que eu pudesse perguntar. — As lojas ficam abertas até mais tarde hoje, e quando passei por uma Sports Center no almoço, vi uma jaqueta para esqui incrível, do seu tamanho... Com dez dólares de desconto.

— Posso mesmo ir?

— Para que mais você precisaria de uma jaqueta de esqui?

— Ai, mãe! — Eu a abracei com toda a força que consegui. — Você é a mais maravilhosa do mundo... você é a melhor mãe que existe!

— Lembre-se disso na próxima vez que a gente discordar.

Mais tarde naquela noite, quando mamãe e eu voltamos das compras, desfilei com minhas novas roupas de esquiar para Jamie e meu pai. A jaqueta é amarela, vermelha e azul, e eu usei minhas economias para comprar uma calça de esqui azul-marinha e um gorro para combinar.

— Pelo menos as cores são chamativas o suficiente pra encontrarem você se for enterrada numa avalanche — disse meu pai.

— Como vou ser enterrada numa avalanche com o Michael cuidando de mim?

— Não tem avalanches em Vermont, de qualquer forma — disse Jamie. — Eu queria ir também.

— Dessa vez não — falei para ela.

— Eu posso cozinhar tudo.

— Desculpa, Jamie.

— Michael gosta da minha comida.

— Nem pensar.

— Droga!

Quando Michael ligou, eu contei para ele que estava tudo certo.

— Até comprei roupas para esquiar.

— Você não precisava comprar nada. Sharon ia te emprestar uma parca e uns agasalhos.

— Bom, agora ela não precisa...

— Certo, mas você ainda vai precisar alugar botas e esquis.

— Eu sei, não se preocupa.

— Mas eu pago o seu ingresso do teleférico.

— Tá bem, se você insiste... E Michael...

— Sim?

— Mal posso esperar por sexta-feira.

— Então somos dois.

Antes de eu ir dormir, meu pai entrou no meu quarto e se sentou na beirada da minha cama, como costumava fazer quando eu era pequena, e então pegou minha mão.

— Estou feliz que você decidiu que eu poderia ir para Vermont, pai.

— Bem, você vai para a faculdade no outono... Vou ter que soltar você mais cedo ou mais tarde. Acho que você não é mais uma garotinha.

— Acho que não.

— Você tem muito bom senso, Kath, sempre tomou decisões inteligentes... Mas, ainda assim, você e Michael são muito jovens.

— Não estamos planejando fugir para casar, se é isso que te preocupa.

— Não estou preocupado. Só não quero ver você se machucar.

— Já te disse, vou ter cuidado.

— Não esse tipo de machucado, Kath.

— Ah, pai...

— Eu gosto do Michael, não é que eu não confie nele...

— Papai, ele não é um tarado, então pare de se preocupar com a gente.
— Não consigo evitar.
Eu me sentei na cama e o abracei.
— Vai ficar tudo bem... mesmo.

8

Assim que chegamos na casa nas montanhas, Michael saltou do carro e me bombardeou com bolas de neve. Tinha neve fresca e linda por todo canto e quilômetros e mais quilômetros de floresta, com pingentes de gelo pendurados em todas as árvores. Eu fugi do Michael, meio rindo e meio gritando, mas ele não me ouviu até Ike o segurar pelo braço e dizer:

— Tarefas primeiro, brincadeiras depois. — Ele guiou Michael de volta ao carro, abriu o porta-malas e apontou para todas as coisas que deviam ser guardadas dentro da casa.

Eu ajudei Sharon a tirar as compras do carro. Ela era alta e magra, como Michael, com o cabelo da mesma cor do dele, mas o formato apertado dos seus olhos fazia com que parecesse que ela estava fazendo força para enxergar, mesmo quando não estava. Ike era mais baixo que Sharon, mas muito largo, praticamente sem pescoço. Ele tinha uma área careca no topo da cabeça. Eu me perguntava se o buraco ia aumentar até ele ficar totalmente careca e se Sharon se incomodaria se ele ficasse. Como eu me sentiria se Michael ficasse careca? Não tenho certeza.

Eu amo o cabelo dele: a cor, a textura, o cheiro. Eu ficaria decepcionada se todos os fios caíssem.

Depois de tudo estar guardado na cozinha, explorei a casa. Havia um grande cômodo com uma lareira de pedra cinza, um tapete felpudo bastante gasto e um monte de almofadas espalhadas pelo chão. A cozinha dava para aquela sala. Então tinha o quarto de Ike e Sharon. Eles tinham um banheiro só para eles. No andar de cima, havia dois outros quartos, conectados por outro banheiro, que aparentemente Michael e eu dividiríamos. Ainda bem que eu tinha sido honesta com ele quando ele me buscou em casa de tarde. Eu fui com ele para a cozinha enquanto minha mãe conversava com Sharon e Ike na sala de estar.

— Tenho uma coisa para te contar.
— Pode falar.
— Fiquei menstruada hoje de manhã.
— Ah.
— Uma semana adiantada.
— Ah.
— Minha mãe disse que provavelmente aconteceu porque eu estava muito empolgada... com a viagem e tudo o mais. Só achei que você deveria saber.
— Você tá certa.
— Caso eu precise fazer alguma parada na viagem...
— Você não está se sentindo mal, está?
— Não, eu estou bem... só chateada. Espero que você não esteja.

— Claro que não, por que eu ficaria chateado? Desde que você ainda possa vir conosco… — dissera ele, pegando minha mão.

Quando Michael e Ike terminaram de descarregar o carro e todo mundo já tinha desfeito as malas, nós quatro nos sentamos ao redor da lareira, bebericando canecas de café fumegante com conhaque. Sharon me contou tudo a respeito de seu emprego. Ela é antropóloga e trabalha para o Museu de História Nacional, mas espera fazer uma viagem de campo logo, talvez neste verão. Quando ouvi isso, perguntei se ela poderia dar uma palestra em nosso programa escolar, no Dia da Carreira, em abril, porque a maioria dos estudantes não conhece antropólogos nem o trabalho que fazem. Sharon disse que adoraria. Minha conselheira pedagógica, a sra. Handelsman, vai ficar contente, já que está com dificuldade de encontrar palestrantes interessantes, em especial mulheres jovens.

Todos estávamos cansados da viagem, e quando Sharon começou a bocejar, o restante de nós se juntou a ela.

— Vamos dormir — disse Ike, e ele e Sharon nos desejaram boa-noite e foram para o quarto.

Michael e eu nos olhamos.

— Você pode usar o banheiro primeiro — disse ele.

— Tá bem.

Nós subimos as escadas.

— Vou te acordar às sete e meia pra gente começar cedo.

— Tá bem, certo.

Ele me deu um beijo na bochecha.
— Só me avisa quando terminar no banheiro.
— Aviso, sim.
— Bom... boa noite.
— Boa noite... — Eu apoiei a testa no peito dele. — Tem certeza de que não está chateado?
— Não estou... fala sério, Kath, tá tudo bem. Dorme bem hoje e nos vemos de manhã.

Assenti com a cabeça, então fui para o meu quarto enquanto Michael ia para o dele. Eu estava com vontade de chorar. Nossas despedidas de boa-noite não tinham sido nada como o que eu tinha imaginado. Coloquei minha longa camisola branca. É a mais bonita que tenho, feita de poliéster macio, mangas bufantes e botões pequenos no formato de corações. Eu tinha a esperança de que Michael me visse nela.

Usei o banheiro e avisei:
— Terminei aqui... — E fui para a cama.

Ouvi Michael abrir a torneira e dar a descarga. Quando tudo ficou quieto, gritei de novo:
— Boa noite, Michael...
— Kath...
— Sim?
— Posso entrar no seu quarto por um segundo?
— Claro. — Eu me sentei na cama e joguei os cobertores por cima de mim.

Michael estava usando um pijama azul largo. Ele se sentou na cama, eu o abracei e um som engraçado saiu da garganta dele, e nós nos beijamos.

— A sua irmã... — murmurei, quando paramos para respirar.

— Não se preocupa.

A gente se beijou de novo. Então, Michael me afastou e disse:

— Eu não ia tocar em você hoje... só para provar que eu não te trouxe até aqui para transar.

— Eu teria ficado frustrada — confessei. — Eu até usei a minha melhor camisola. Gostou?

— Ela cobre partes demais do seu corpo, mas é bonita e macia. — Michael alcançou e apagou a luminária na mesinha de cabeceira. — Como você faz com esses botões malucos? — ele perguntou, tentando abrir a camisola.

Eu abri sozinha os botões.

— Quero sentir você em mim — Michael disse, e tirou a parte de cima do pijama dele. Então, ele se deitou do meu lado e passou os braços ao meu redor.

— Ah... é bom assim — sussurrei, com as mãos correndo pelos ombros nus dele, e descendo pelas costas.

Michael me beijou e baixou a mão até o meio das minhas pernas, mas eu segurei a mão dele e a afastei.

— Não, hoje não...

— Eu não me importo.

— Mas eu, sim. — Não era tanto uma questão de que eu não queria que ele me tocasse, porque eu queria. Era só que eu não achava que era uma boa ideia que qualquer um de nós se empolgasse demais. — Michael... não fica ansioso demais, está bem?

— Eu já estou.

Como se eu não tivesse percebido.

Nós nos beijamos mais uma vez, e então ele tocou meu rosto com gentileza e disse:

— Eu te amo, Katherine. Falo sério mesmo... Eu te amo.

Eu poderia ter respondido na hora que também o amava. Eu estava pensando aquilo todo aquele tempo. Eu estava pensando: *eu te amo, Michael*. Mas será que realmente se pode amar alguém que você só viu dezenove vezes na vida?

— Eu nunca disse isso pra ninguém antes — disse ele.

— Fico feliz.

— Quero abraçar você a noite toda.

— Quero que você me abrace.

A gente dormiu abraçado até a voz de Ike nos acordar de manhã.

9

Era um dia frio e ensolarado, mas com pouco vento. Michael disse que estava perfeito para esquiar. Eu me vesti com calças térmicas, uma camisa de gola alta, calças de esqui, um suéter, dois pares de meias e botas para neve. Eu mal conseguia me mover.

Sharon ainda estava dormindo, mas Ike tinha colocado o café da manhã na mesa: cereal, ovos e pães.

— Nada de uva-passa — disse Michael, me passando o prato.

— Como você sabe que eu não gosto de uva-passa?

— Por causa da festa de Ano-Novo... lembra?

— Ah, é... — respondi, me lembrando de estar à mesa de Sybil, tirando as uvas-passas de um pão. — Você tem boa memória.

— Para certas coisas — disse Michael, sorrindo.

Depois do café da manhã, Ike deu as chaves do carro para Michael e lhe disse que me levasse até a cidade para alugar meu equipamento.

— Os preços lá são melhores que no hotel. Com um pouco de sorte, a Sharon vai estar pronta quando vocês voltarem.

Nós fomos ao Alpine Ski Shop. Quando Michael finalmente se convenceu de que as minhas botas eram do tamanho certo, ele me mostrou como fechar as fivelas e também como caminhar naqueles sapatos sem me matar, o que não era fácil.

Sharon estava pronta para sair quando voltamos. De lá, era uma viagem curta até as encostas. Eles tinham ingressos para toda a temporada, e Michael comprou o meu. Quando vi os preços, eu disse:

— Nunca imaginei que esquiar fosse um esporte tão caro.

— É o único ponto negativo — disse Michael.

— Vamos ao banheiro antes de colocar os esquis — disse Sharon. — É um saco ter que ir antes do almoço.

Eu a segui até o hotel e escada abaixo. Nós duas fomos no banheiro. Enquanto lavávamos as mãos, Sharon disse que muitos iniciantes se machucavam porque tentavam aprender a esquiar sozinhos.

— Só quero que você saiba que Michael é um instrutor qualificado... Do contrário, Ike e eu insistiríamos que você fizesse aulas.

— Ele é realmente bom assim?

— Espera só até ver Michael em ação.

Eu sorri. Sharon entendeu e riu também.

— Quis dizer em ação *esquiando* — disse ela.

— Eu entendi.

— Meu irmão é um garoto muito bom, não é?

— Eu acho que sim.

— Mas ele parece tão... bem... vulnerável.

— Como assim?

— Ah, ele é tão aberto… Eu não iria querer que ele se machucasse.

Ela não me olhou quando disse isso. Em vez disso, se virou para o espelho e aplicou algum tipo de produto labial. Eu não sabia o que responder. Ela achava que o Michael ia se machucar por minha causa? Ela achava que eu só estava usando ele ou algo do tipo?

— Bom, vamos indo. — Sharon guardou o tubo no bolso. — E Katherine…

— Sim?

— Desculpa se acabei de parecer uma irmã superprotetora… Eu realmente tenho que parar de me preocupar com Michael. Afinal de contas, ele já está bem grandinho, né?

— É, está sim.

Era engraçado que Sharon se preocupasse com Michael da mesma forma que meu pai se preocupava comigo.

Subimos as escadas, fomos até Michael e Ike do lado de fora e combinamos de nos encontrar de volta no hotel ao meio-dia. Sharon e Ike foram esquiar nas montanhas mais difíceis.

Michael me colocou nos esquis. Eles eram bastante curtos e mal ultrapassavam o meu calcanhar. Ele explicou que era muito mais fácil aprender com os esquis curtos e, conforme eu fosse melhorando, pegaria os mais longos. Eu não achava que isso fosse provável.

— Primeiro um pé, depois o outro — orientou Michael, quando tentei andar. Mas eu me enrolei e tropecei

em mim mesma. Nós dois estávamos rindo a essa altura.
— Deixa o esqui deslizar pela neve... não tenta levantar o pé.
— Ah... desse jeito? — perguntei.
— Muito bem — disse ele, segurando meu braço.
De alguma forma, chegamos no teleférico.
— Quando a cadeira chegar, só segura na lateral e se senta — explicou Michael. — Pronta? Agora!
Eu me sentei e me surpreendi quando aterrissei na cadeira, com Michael ao meu lado. Antes de eu ter uma chance de pensar a respeito, nós estávamos subindo.
Michael baixou a barra de segurança, olhou para mim e disse:
— Você vai amar.
Eu fiz que sim com a cabeça e tentei sorrir de volta.
— Nós vamos numa descida de iniciantes, então não precisa se preocupar.
— Não estou preocupada.
— Você parece apavorada.
— Não seja besta, estou doida para aprender a esquiar.
— Mas, na verdade, eu estava pensando: a gente estava subindo tanto... como é que eu iria descer? Meu pai tinha razão, eu ia quebrar uma perna... Ia cair desse teleférico e quebrar uma perna. Quem sabe até as duas. Provavelmente as duas pernas e um braço... mais do que isso, até.
— Sair é meio complicado — disse Michael, erguendo a barra de segurança e me deixando livre para cair. — É só fazer o mesmo que eu... aponta os esquis pra cima.
Eu obedeci.

— Isso... agora se prepara... nós vamos nos levantar num minuto, e então deixa o teleférico te empurrar pra frente... entendeu?

Michael me segurou, mas eu me esqueci de tudo que ele tinha dito e ele teve que me empurrar para fora da cadeira, ou o banco teria batido na minha cabeça. Naturalmente, quando ele me empurrou para a frente, eu caí.

— Droga!

Michael riu.

— Não é nada engraçado — protestei.

— É melhor se acostumar. Você vai estar no chão muitas vezes hoje, mas se anima um pouco... amanhã você vai ser uma especialista.

— Ah, tá, sei!

Ele me ajudou a levantar. Meu nariz estava escorrendo.

— Aqui... — disse ele, tirando um lenço do bolso.

Assoei o nariz.

— Esqueci de avisar... o nariz de todo mundo escorre quando anda de esqui.

— Ah, que ótimo.

— Pronta?

— Você tem certeza de que vou conseguir fazer isso?

— Você não me disse que era coordenada? Uma especialista em tênis... uma dançarina insana...

— Eu nunca disse *especialista* e eu com certeza nunca disse *insana*!

— Relaxa... qualquer um pode aprender a esquiar.

— Espero que sim. Só tenho uma pergunta simples antes de começarmos, tá?

— Claro... pode perguntar.

— Como é que eu vou chegar lá embaixo?

— Você vai esquiar até lá, Kath.

— Meu medo era justamente esse.

Michael tinha razão. Eu passei mais tempo no chão do que em pé na primeira tentativa. Porém, ao meio-dia, eu já tinha subido e descido a montanha para iniciantes três vezes. Na terceira tentativa, eu nem caí quando desci da cadeira do teleférico, e se eu não estava exatamente esquiando, bem, ao menos eu estava fazendo alguma coisa.

Sharon e Ike já estavam no hotel, guardando uma mesa para o almoço.

— E aí, como foi? — perguntou Ike.

— É inacreditável como ela está se saindo bem — contou Michael. — Estou muito orgulhoso!

— Você gostou? — perguntou Sharon.

— Gostei, é bem divertido... é uma sensação muito boa.

— Revigorante — disse Ike.

— É isso... revigorante.

— E deixa com bastante fome também — disse Sharon. — Estou faminta...

— Vamos pra fila — pediu Michael. — Não quero perder muito tempo... Quero botar a Kath de volta nas montanhas.

Depois do almoço, tentamos uma trilha diferente.

— Esquis juntos — disse Michael —, deixa eles correrem pela montanha... deslizando... deslizando... bom...

está bem... Agora, pesa os calcanhares descendo a neve... assim mesmo... ótimo...

— Eu consegui — gritei. — Eu consegui parar!

— Conseguiu... Agora você não precisa mais sentar toda vez que perder o equilíbrio.

Peguei um pouco de neve e joguei nele, mas Michael se abaixou e riu.

Nós esquiamos até quatro da tarde, quando os teleféricos fechavam.

— Eu me diverti demais — falei para Michael enquanto ele me ajudava a soltar todas as amarras dos equipamentos. — Adorei de verdade.

— Fico feliz. Você não é uma má aluna... considerando tudo.

— Considerando tudo o quê?

— Ah, só considerando. — Ele me deu um beijo no nariz.

Eu não fazia de ideia de quanta dor sentiria nos músculos até chegarmos em casa; Michael teve que me levantar do assento do carro.

— Meu corpo inteiro dói — expliquei. — Minhas pernas não querem me segurar em pé.

— Um banho de banheira vai ajudar — disse Sharon. — Fique bastante tempo embaixo da água quente. Tem tempo de sobra pra tirar uma soneca também. A gente só vai jantar lá pelas sete horas.

Eu tomei um banho, então peguei no sono e não acordei até Michael sussurrar no meu ouvido:

— Kath, hora do jantar...

— Hmm...

Ele se sentou na beirada da cama.

— Precisa de ajuda para se levantar?

— Hmmmm... — Abri os olhos. O rosto dele estava do lado do meu.

— Oi — disse ele.

— Oi... — Eu o puxei para a cama e o abracei.

— Mais tarde, agora é hora de levantar.

— Não... ainda não.

— Vou ter que te levantar se não conseguir sozinha...

— Hmmmm... daqui a pouquinho...

Michael levantou da cama e fechei os olhos de novo. Ouvi a água correndo no banheiro. Então ele estava de volta, parado na minha frente, dizendo:

— Kath... — E, quando abri os olhos, ele estava segurando um copo de água em cima da minha cabeça, ameaçador.

— Você não ousaria! — gritei, saltando para fora da cama.

— Agora que você levantou, não preciso. Mas, na próxima, não vai ter uma segunda chance.

Depois do jantar, nós nos sentamos ao redor da lareira e conversamos por um tempo, então Michael levantou e foi até a janela.

— Dá para ver as estrelas hoje — disse ele. — Quer dar uma volta?

Ainda sinto frio na barriga quando ele me olha desse jeito. Coloquei minhas botas e um casaco.

— Não congelem os dedos — gritou Sharon.

Assim que estávamos fora e longe da casa, nós nos beijamos.

— Eu precisava sair — disse Michael. — Tudo em que conseguia pensar era ficar sozinho com você.

— Eu sei. Eu também.

Nós ficamos de mãos dadas caminhando.

— Eu nunca vi tantas estrelas — falei.

— É porque está tão escuro e o céu está tão limpo... não tem luzes da cidade nem trânsito ou poluição...

— Eu amo olhar as estrelas.

— Eu amo olhar você.

— Ai, Michael, para... — Dei um soquinho nele de brincadeira.

Quando voltamos para a casa, Sharon e Ike estavam deitados na frente da lareira fumando maconha.

— Oi — disse Sharon. — E aí, a bunda de vocês já congelou?

— Quase — brinquei.

Fiquei muito surpresa de ver Sharon fumando. Pensei que ela era tão certinha, especialmente depois daquela história de Michael ser vulnerável e se machucar.

— Suas bochechas estão muito vermelhas — Ike me disse.

— Sempre ficam assim.

— Gosto delas — disse Michael, tocando meu rosto.

Ike levou o baseado aos lábios e deu uma longa tragada. Então, ofereceu-o a Michael.

— Você quer? — Michael me perguntou.

— Acho que não — falei.

— Deixa pra próxima — disse Michael para Ike, pegando minha mão. — Katherine está bem cansada.

— Boa noite — eu disse, enquanto Michael e eu subíamos as escadas.

— Durmam bem — Sharon gritou.

— Vamos, sim.

Michael se deitou na cama do meu quarto.

— Achei que você não fumava — falei.

— Não fumo mais... só com eles, às vezes...

— Ah. — Fui até a janela e a abri de leve. Gosto de bastante ar fresco no meu quarto. — Eu só provei uma vez... e não foi nada bom. Fiquei enjoada até quase vomitar.

— A primeira vez pode ser assim.

— Além disso — expliquei, indo até a cômoda e pegando a escova de cabelo —, não gosto de perder o controle. — Eu estava pensando no depois, me perguntando se ele deitaria comigo de novo. A noite anterior tinha sido tão boa.

— Eu sei — disse Michael.

— Eu perderia... se eu fumasse de novo?

— Não sei, provavelmente não.

Comecei a escovar o cabelo. Michael estava me observando. Eu queria perguntar para ele o que vinha depois. Ele tinha planos? Ele já sabia? Eu queria ter um roteiro para seguir para não cometer nenhum erro. *Não se esqueçe que estou menstruada, Michael,* senti vontade de dizer.

— Tem gente na escola que está chapada o tempo todo.

— Isso é diferente — disse ele.

— Acho que... — Eu abaixei minha escova. — Fiquei surpresa que Sharon e Ike fumam... Quer dizer, com Ike sendo um médico e tudo o mais. — Abri a gaveta da cômoda e peguei minha camisola. Eu deveria usar, não deveria? Sim, mas decidi deixá-la desabotoada desta vez.

— Não é como se eles fossem viciados nisso.

— Eu sei... eu deveria usar o banheiro primeiro?

— Claro.

Vesti a camisola e a calcinha, e, depois que tinha escovado os dentes, falei:

— Pode ir agora.

Fui para a cama e esperei. Poucos minutos depois, Michael abriu a porta. Ele estava usando o mesmo pijama azul. Ele meio que acenou para mim e disse:

— Oi.

— Oi — respondi.

Ele colocou os óculos na mesinha de cabeceira, apagou a luz e subiu na cama do meu lado. Depois de nos beijarmos por um tempo, ele tirou a camisa do pijama e disse:

— Vamos tirar a sua também... Está atrapalhando.

Eu tirei a camisola pela cabeça e a larguei no chão. Então, sobrou só minha calcinha e as calças de pijama de Michael entre nós. Nós nos beijamos outra vez. Senti-lo contra mim daquele jeito me deixava com tanto tesão que eu não conseguia ficar parada. Ele rolou para cima de mim e nós nos roçamos de novo e de novo e a sensação era tão boa que eu não queria parar nunca — até que eu gozei.

Depois de um minuto, peguei a mão de Michael.

— Me mostra o que fazer — pedi.

— Pode fazer o que quiser.

— Me ajuda, Michael... eu me sinto tão idiota.

— Não se sinta — disse ele, se agitando para tirar as calças do pijama. Ele levou minha mão até o pênis dele. — Katherine... Eu gostaria que você conhecesse Ralph... Ralph, esta é a Katherine. Ela é uma grande amiga minha.

— Todo homem dá nome pro pênis?

— Só posso falar pelo meu próprio.

Nos livros, os pênis são sempre descritos como quentes e pulsantes, mas Ralph parecia mais como pele comum. Só que o formato era diferente... isso e o fato de que não era macio, não exatamente. Era como se houvesse muita coisa acontecendo por baixo da pele. Não sei por que eu tinha ficado tão nervosa com a ideia de tocar Michael. Depois que superei o medo, deixei minhas mãos passarem por todos os lados. Eu queria sentir todas as partes dele.

Enquanto eu experimentava, perguntava:

— Isso está bom?

E Michael sussurrava:

— Tudo está ótimo.

Quando beijei o rosto dele, estava todo suado e seus olhos estavam semicerrados. Ele pegou minha mão e a levou de volta até Ralph, me mostrando como segurar, movendo minha mão para cima e para baixo em movimentos ritmados. Logo, Michael gemeu e eu o senti gozar — uma sensação latejante, um pulsar, como os livros descreviam, e então o líquido. Um pouco caiu na minha mão, mas eu não soltei.

Nós dois ficamos em silêncio por um tempo, então Michael pegou a caixa de lenços ao lado da cama e a estendeu para mim.

—Aqui... Não queria sujar você.

— Não tem problema... Eu não me importo... — Puxei alguns lenços.

Ele pegou a caixa de volta.

—Que bom — disse ele, limpando a própria barriga.

Eu beijei a pinta na lateral do rosto dele.

— Eu fiz tudo certo? Considerando minha falta de experiência?

Ele riu, então seus braços enlaçaram meu corpo.

— Você fez tudo muito bem... Ralph gostou muito.

Eu me aninhei ao lado de Michael com a cabeça apoiada no peito dele.

— Kath...

— Hmmmm?

— Lembra noite passada, quando eu falei que te amo?

— Lembro.

— Bom... eu falo sério, não é só uma coisa sexual... isso faz parte, mas é mais do que isso... sabe?

— Sei... porque eu também te amo — sussurrei no peito dele. Dizer pela primeira vez era o mais difícil. Tem algo tão definitivo a respeito. Na segunda vez, eu me ajei-

tei na cama e disse direto para ele: — Eu te amo, Michael Wagner.
— Para sempre? — perguntou ele.
— Para sempre — respondi.

10

— Vocês ainda se gostam? — perguntou Jamie, assim que voltei de Vermont. Ela, mamãe e papai estavam esperando por mim na salinha. Me joguei no sofá. Sete horas num Volkswagen é muito tempo.

— Bom, é claro que a gente se gosta… por que não?

— Papai disse que às vezes passar muito tempo junto pode acabar com um romance mais rápido do que qualquer outra coisa.

Meu pai ficou muito vermelho quando eu olhei para ele.

— Você tinha a expectativa de que a viagem acabasse com tudo? — perguntei.

— Não seja boba, Kath — disse papai.

— Então por que você teria dito uma coisa dessas?

— Era uma discussão geral… não uma específica sobre você e Michael.

— Nós também falamos de como passar tempo juntos pode deixar um romance ainda mais forte — completou minha mãe, no que parecia uma tentativa de salvar meu pai.

— Bom, esse é o espírito! — falei, olhando para o meu pai. — Ficar juntos deixou nosso amor mais forte.

— Fico feliz por vocês — disse Jamie.

Quando deitei na cama, meia hora depois, meu pai foi até meu quarto.

— Você acha que eu não aprovo você e Michael... — começou ele.

— Você aprova?

— É claro que aprovo. Só tenho medo de que vocês se envolvam demais... só isso.

— Qual o problema de se envolver?

— Talvez seja a palavra errada. O que quero dizer é que não quero ver você amarrada.

— Quem está amarrada?

Meu pai suspirou.

— Pode parar de jogar as perguntas para mim... O que estou tentando dizer é que você é jovem demais pra tomar decisões para a vida toda.

— Não estou tomando decisões para a vida toda.

— Você tem que considerar o seu futuro, Kath.

— O que tem o futuro?

— Lá vem você de novo com as perguntas.

— Desculpa — falei. — Mas o futuro vai se resolver sozinho.

Na manhã seguinte, esperei até meu pai ir jogar tênis e Jamie ir para escola. Então interpelei minha mãe a caminho do banho e perguntei:

— O papai quer que eu pare de ver o Michael?

— É claro que não.

— Porque eu não vou... nem se ele me pedir...

— Ele não vai te pedir isso... ele só gostaria de ver você circular mais... do jeito que ele fazia...
— Mas eu não quero. Não quero estar com nenhum outro garoto.
— Eu entendo, Kath... e no fundo, no fundo, o seu pai também... ele só tem dificuldade em aceitar...
— Eu percebi.
— Peraí, você não vai se atrasar pra aula?
— E daí, vou perder o primeiro tempo da aula de estudo extra... grande coisa!
— Se quiser, eu levo você assim que terminar de me arrumar.
— Tá bem.

Juntei meus livros e encontrei uma muda limpa da roupa de educação física na área de serviço. Então saí para a garagem e liguei o carro. Eu tinha minha carteira de motorista desde setembro, mas quase nunca praticava.

Mamãe saiu da casa colocando uma touca e luvas. Ela usa o mesmo tipo de touca de tricô que eu, só que ela não a puxa por cima da testa do jeito certo. Ela a empurra para trás na cabeça porque diz que dá coceira no rosto.

— Nossa... está frio! — Mamãe abriu a porta do carro.
— Quer que eu dirija? — perguntei.
— Não, as ruas menores ainda estão com gelo. — Passei para o banco do carona e minha mãe se sentou atrás do volante.

No percurso até a escola, falei:
— Mamãe... você era *mesmo* virgem quando se casou?

Minha mãe continuou olhando reto para a estrada, mas apertou o volante com um pouco mais de força.

Acrescentei logo:

— Quer dizer, eu sei que você disse que era, mas... Nós paramos em um sinal vermelho. Minha mãe se virou para mim:

— Eu era virgem até o nosso noivado... não no casamento.

— E o papai?

— Homens e mulheres eram cobrados de maneiras diferentes nessa época... era esperado que os garotos tivessem um monte de experiência antes de casar.

O carro atrás de nós buzinou.

— O sinal ficou verde — falei.

— Ah... — Nós dirigimos pela East Broad Street e atravessamos os trilhos do trem.

— Você se arrepende de ter esperado? — perguntei.

— Não encarava exatamente como uma espera... eu tinha só vinte anos.

— Se você pudesse fazer diferente agora, você ainda esperaria até ter noivado?

— Tudo é diferente agora. Eu não teria me casado tão nova, para começo de conversa.

— Mas você teria esperado?

— Não tenho como responder isso... Eu simplesmente não sei.

Eu não disse mais nada, mas, quando chegamos na escola, em vez de só me deixar, minha mãe parou no estacionamento e desligou a ignição.

— Escuta, Kath... — começou ela. — Sempre fui honesta com você em relação a sexo.

— Eu sei.

— Mas você precisa ter certeza de que pode lidar com a situação antes de mergulhar nela... sexo é um compromisso... uma vez que chegar lá, você cruzou a linha de só ficar de mãos dadas.

— Eu sei.

— E quando você se entrega tanto mental quanto fisicamente... bem, você fica completamente vulnerável.

— Já ouvi isso antes.

— É a verdade. É responsabilidade sua decidir o que está certo e o que está errado... Não vou dizer pra você ir em frente, mas não vou proibir também. É tarde demais pra qualquer coisa do tipo. Mas espero que você lide com isso com responsabilidade... seja lá o que decidir.

— Não estava perguntando por motivos pessoais, mãe... eu estava só curiosa, mesmo...

— É claro... — Ela tocou meu rosto. — Bom, tenha um bom dia.

Nós nos olhamos por um instante, e então fiz algo que não fazia tinha algum tempo. Eu me inclinei e dei um beijo na minha mãe.

— Simplesmente, não consigo acreditar — disse Erica, quando contei do meu final de semana. — Você ainda é virgem!

— Não estou dizendo nem uma coisa nem outra.

— Mas eu consigo perceber.
— Como?
— Eu apenas consigo... Eu saberia num segundo, se não fosse.

Nós estávamos na lanchoncte da escola, na nossa mesa de sempre, e Erica estava comendo um cachorro-quente, o almoço do dia. Eu provavelmente sou a única norte-americana viva que não gosta de cachorros-quentes, então eu tinha um sanduíche de queijo na bandeja, junto com um pacote de Oreo.

— Olha — falei —, o que eu fiz com Michael é coisa nossa... não é algo que eu queira discutir...

Erica me lançou um olhar magoado.

— Claro, tá bem...
— Tenta entender, Erica...
— Eu entendo... Eu entendo...
— Quando você está apaixonada, você guarda segredo... é só isso que estou dizendo.
— Então você realmente ama o Michael?
— Amo.
— E ele te ama?
— Ama.
— Ele chegou a falar isso pra você de verdade?
— Sim.
— Nossa... que romântico!
— Achei que você não acreditava em romance.
— E não acredito — disse Erica, tomando o resto do leite com o canudinho.

Nós levamos as bandejas a uma mesa lateral.

— Não quer saber sobre Artie e eu? — perguntou Erica.

— Bom, claro... mas não quero ser intrometida.

— A gente jogou strip poker no sábado à noite.

— Mentira!

Erica riu.

— Até a gente ficar como veio ao mundo.

— E se os seus pais tivessem entrado e visto vocês assim?

— Eles respeitam minha privacidade.

— Os meus também, mas ainda assim...

— De qualquer forma, a gente não fez nada além de se tocar. Estou começando a me sentir como uma terapeuta.

— Poderia estar fazendo mais mal do que bem.

— Já pensei nisso, mas ele é muito aberto a respeito dos problemas dele. Ele não é gay... a gente determinou isso. Ele só é impotente. Eu andei lendo sobre isso e tenho quase certeza de que posso ajudar.

— Mas, Erica, se você quer tanto transar, por que não encontra outra pessoa?

— Eu poderia transar amanhã, se quisesse. Mas esse não é mais o objetivo. Quero conseguir transar com o Artie.

— Por quê?

— Porque acho que posso ajudá-lo, pra começo de conversa, e porque... bom, porque sim.

— Não sei, ainda parece que seria melhor se só deixassem pra lá.

— Nem pensar... a gente se gosta muito, mesmo que não seja nada parecido com você e Michael... não é todo mundo que tem tanta sorte...

11

Normalmente, março é um mês devagar. Não tem feriados escolares, o clima ainda está frio e pavoroso, os professores te cobram mais, e não dá nem para vislumbrar a primavera chegando.

Aquele março foi diferente. Eu me sentia no topo do mundo. Michael e eu nos encontrávamos sempre que podíamos. A gente foi esquiar no morro Great Gorge duas vezes, e fomos a uma partida de hóquei dos Ranger no Madison Square Garden com Erica e Artie em um domingo. Os Rangers perderam, e Artie levou isso muito a sério, como se ele fosse pessoalmente responsável pelo resultado ou coisa do tipo. Eu tentei animá-lo ao sair do estádio.

— A gente ganha umas... perde outras... — falei.

Artie balançou a cabeça.

— Olha, foi só um jogo — continuei.

— Nada é *só* um jogo.

— Mas vocês podem ganhar o próximo.

— O próximo não é suficiente.

Nós caminhamos até um restaurante Beef & Brew e nos sentamos numa mesa com sofá. Enquanto esperávamos a garçonete para fazer os pedidos, Erica disse:

— Sabiam que o Artie foi aceito no curso da American Academy of Dramatic Arts?
— Uau... que demais — falei. — Você está no caminho...
— Caminho de lugar nenhum... — disse Artie. — O meu velho não vai me deixar ir.
Erica se virou para ele:
— Você não me contou isso...
— É, bom... ele acabou de decidir. Ou eu faço uma faculdade de quatro anos ou não faço nada.
— Ele não pode fazer isso — disse Erica.
— Não? Quem você acha que vai pagar a mensalidade?
— Escuta — falei —, você pode fazer uma graduação em teatro de qualquer forma.
— A eterna otimista abre a boca de novo — disse Artie.
— Desculpa... Só estava tentando olhar o lado positivo das coisas. — Espiei Michael, esperando que ele me ajudasse, mas ele não disse nada. Acho que ele já sabia sobre o pai do Artie.
— Você tem que lutar pelos seus direitos! — disse Erica. — Você deveria se recusar a ir para qualquer lugar além da American Academy...
— Deixa ele! — Michael disse, de súbito, e algo na voz dele fez Erica parar.
Nós quatro olhamos os cardápios, ou fingimos olhar, e o silêncio na nossa mesa era desconfortável.
Finalmente, a garçonete se aproximou e disse:

— Certo, o que vão querer?

Mais tarde, quando Michael e eu estávamos sozinhos em casa, falei:

— Eu nunca vi Artie daquele jeito... ele estava tão deprimido.

— Eu sei.

— Normalmente, ele é tão divertido.

— É a imagem pública dele.

— O Artie em privado é diferente?

— Às vezes...

— Você ouviu como ele cortou tudo o que eu falava?

— Ouvi... mas eu já vi ele ficar desse jeito antes. Ele vai ficar bem em alguns dias. Você tem que entender como ele se sente a respeito de estudar... ele odeia muito, não acho que ele conseguiria passar por um ano inteiro de faculdade, muito menos quatro.

— Eu não sabia...

— Você não tinha como saber.

— Você acha que ele e Erica funcionam bem juntos?

— Isso não é da minha conta... além disso, todas as garotas na escola agora têm uma quedinha por ele desde a peça e ele não está interessado nelas... isso deve significar alguma coisa.

— Se fosse você, estaria... interessado...

— Ah, claro. Eu só estou com você porque não consigo nada melhor. — Ele me puxou para baixo, me aproximando dele. — A gente não pode fazer nada pra ajudar o Artie agora.

— Imagino que não...

— Mas a gente pode ajudar o Ralph — ele disse, movendo minha mão para a fivela do cinto dele.

Na quinta-feira, Michael me ligou para dizer que Sharon e Ike iam tirar uma folga para esquiar e os pais dele disseram que, sim, ele poderia faltar uma semana de aula, porque era uma ocasião especial, e os três iam sair na manhã seguinte e não voltariam até o outro domingo.

— Dez dias? — falei. — Dois finais de semana inteiros?

— É muito importante, Kath... Estou trabalhando para tirar a certificação de instrutor, você sabe disso.

— Eu sei... Eu sei...

No primeiro final de semana, meus pais não me deixaram sozinha por um minuto. Alguém que não me conhece poderia até pensar que eu era uma viúva. Eles me levaram para jantar na sexta-feira à noite, e no sábado, Jamie e eu fomos às compras. Naquele dia, minha avó ligou e me pediu para passar a noite no apartamento dela, então eu fiz a mala e meus pais me levaram para Nova York.

No domingo de manhã, vovô e eu saímos para caminhar no Central Park e de tarde, vovó me levou para ver ...*E o vento levou*, o filme favorito dela, que ela já viu dezesseis vezes até agora. Depois, quando ela me perguntou o que eu achava de Clark Gable, e eu falei que as orelhas dele eram de abano, ela balançou a cabeça e disse:

— Que decepção, Kath.

Mas eu sabia que ela estava só brincando.

A semana de aulas foi arrastada. Jamie disse que eu parecia um cachorro que caiu do caminhão de mudanças… e, bom, eu me sentia assim mesmo. Num jantar, meu pai me perguntou se eu estava namorando firme com Michael.

— A gente não chama de namorar firme — falei. — Mas a gente está junto, sim.

— Isso quer dizer que vocês não podem sair com outras pessoas?

— Isso quer dizer que não quero sair com nenhuma outra pessoa.

— Eu namorei firme uma vez — disse minha mãe, misturando uma colherada de mel ao seu chá. — Eu usei o anel de formatura dele numa correntinha no pescoço. O nome dele era Seymour Mandelbaum.

— Seymour Mandelbaum? — Jamie repetiu, e começou a rir.

— Eu estava no segundo ano e ele no terceiro — contou mamãe. — Eu me pergunto o que houve com ele.

Fiquei com a sensação de que mamãe estava falando do namorado antigo para o meu pai perceber que não importava que Michael e eu estivéssemos saindo.

Então papai me surpreendeu dizendo:

— Eu namorei firme duas vezes.

— Você? — perguntei.

— Uma vez no primeiro ano do ensino médio… Eu dei uma daquelas pulseiras com o meu nome para ela… E uma vez no meu primeiro ano da faculdade.

Ele e mamãe começaram a relembrar de seus bons e velhos tempos de faculdade. Eu não contei a eles que o que eu tinha com Michael era diferente. A gente não está só numa modinha dos anos 1950, chamada de namorar firme. Conosco, é uma questão de amor: amor real, verdadeiro. Juro por Deus.

Na manhã seguinte, durante o café da manhã, papai disse:

— Ainda acho que você seria mais feliz se não se amarrasse a um garoto.

— Você não entende — expliquei. — Não estou infeliz. Só sinto saudades dele.

— E no ano que vem? — perguntou mamãe. — Vocês vão ficar separados.

A pergunta da minha mãe fez com que eu fosse correndo conversar com minha conselheira pedagógica antes de qualquer coisa na escola no dia seguinte. Quando ela me viu, disse:

— Ah, Katherine... Eu estava justamente trabalhando na programação final para o Dia das Carreiras... vinte e cinco de abril está chegando.

— Não vim falar sobre o Dia das Carreiras — falei.

— Então o que é?

— Tenho que me candidatar para outra faculdade... agora mesmo.

— É tarde demais para isso.

— Eu sei, mas é uma emergência.

Ela pegou minha pasta dos arquivos dela.

— Vamos ver... — disse ela, passando o dedo pelas folhas. — Você se candidatou para Michigan, Penn State e Denver... Todas são boas instituições.

— Mas eu quero muito ir para a Universidade de Vermont... ou para a de Middlebury.

— Por que essa mudança súbita?

— Eu tenho um amigo... e nós queremos ficar juntos.

— Você já conversou sobre isso com seus pais?

— Ainda não...

— Vou precisar da permissão deles, e mesmo assim... Não posso prometer nada... Middlebury é difícil, e Vermont é uma das primeiras a começar a convidar os alunos.

— Tenho certeza de que consigo a permissão dos meus pais até amanhã.

Porém, mais tarde, quando contei para minha mãe, ela disse:

— Não! — Simples assim. — Não acho uma decisão inteligente... você já se candidatou para três faculdades.

— Mas, mãe... você viu como foi pra mim essa semana... ficar longe dele.

— Vocês podem se encontrar durante as férias, e até nos finais de semana, de vez em quando... e se o relacionamento de vocês dois é assim tão sério, vai se fortalecer, mesmo à distância.

— Você realmente acredita nisso?

— Sim, Kath, acredito. E você sempre pode pedir transferência depois de dois anos estudando... ou ele pode.

— Achei que você estaria do meu lado.

— Eu estou — disse ela.

Bem quando eu estava me sentindo tão para baixo, sabendo que a gente não poderia ficar junto ano que vem, e estava encarando outro final de semana sem ele, o telefone tocou. Era Michael.

— Cheguei — disse ele.

— Mas ainda é sexta-feira.

— Eu sei, eu peguei o trem... Cheguei de manhã.

— Mas você não estava gostando de esquiar?

— Eu estava adorando.

— Então por que você voltou cedo?

— Você precisa mesmo perguntar?

Quando atendi a porta, duas horas depois, ele segurou a minha mão e meio que tocou minha bochecha com o rosto dele.

— Oi — consegui dizer.

Nós fomos ao cinema para a sessão das oito e depois, no carro no caminho de volta, Michael disse:

— Adivinha o que eu peguei?

— Uma IST? — perguntei, rindo. Eu esperava que Michael gargalhasse com a minha piada, mas ele não riu.

— Por que você diria uma bobeira dessas? — respondeu ele, sério.

— Eu não sei... foi só uma brincadeira.

— Isso quer dizer que isso está no seu inconsciente.

— Não está! Foi só o jeito que falou... você estava falando que nem aquele comercial antigo em que o garoto liga pra uma garota, e então ela liga pra outro garoto, e ele...

— Sei... já vi esse.

— Não queria que você levasse para o pessoal.

— Bom, eu levei.

— Desculpa...
— Eu peguei uma vez.

Nós paramos de andar e soltamos as mãos um do outro.

— Você já teve uma infecção sexualmente transmissível?
— Peguei de uma garota no Maine... a única vez em que transei.
— Você só transou uma vez?
— Bom, duas vezes... mas com a mesma garota.
— Só isso?
— O que você quer dizer com "só isso"?! O que você estava esperando?
— Não sei, achei que você tinha muita experiência.
— É, bom, a gonorreia tirou o meu tesão por um tempo.
— Imagino — falei. Nós voltamos a caminhar, dessa vez sem estar de mãos dadas. — Você contou para a garota do Maine?
— Eu não tive como... Eu nem sabia o sobrenome dela. Foi só uma garota que conheci na praia.
— Ah.
— Olha, Kath... isso foi verão passado, então não precisa se preocupar com isso. Estou bem, agora.
— Quem falou em se preocupar? — perguntei, mas devo ter ficado com uma expressão de que algo estava errado, porque Michael disse:
— Então que cara é essa?
— Você nunca deveria ter se arriscado.

— É fácil pra você dizer, você sempre pensa em tudo, não é?

— Eu tento...

Chegamos no carro e Michael destrancou a porta.

— Você nunca deve ter se arriscado na vida.

— O que isso quer dizer? — falei, sentando no banco.

— Nada, deixa pra lá. — Ele entrou, bateu no volante e disse: — Merda!

— O que houve? — perguntei. Ele olhou para a frente. — Você não pode pelo menos me dizer o que está errado?

— Eu não sei... — respondeu ele, finalmente. — Eu esperei a semana inteira para estar com você e agora nada está dando certo. E não estou me sentindo legal.

— Nem eu.

— Droga... — Ele estendeu o braço para me tocar. Nós nos abraçamos e, por algum motivo idiota, comecei a chorar, o que é algo que eu nunca faço, especialmente na frente dos outros.

— Não, Kath, por favor...

— Não é nada — falei.

— Olha, vamos começar do zero, tá bem?

Concordei com a cabeça, então peguei um lenço de papel e assoei o nariz.

— Adivinha o que eu peguei? — Michael perguntou de novo. Dessa vez, eu disse:

— Desisto... o quê?

— A chave do apartamento da minha irmã.

— Era isso que você queria me dizer antes?

— Aham.

Comecei a rir. Eu não conseguia segurar. Quanto mais eu pensava a respeito, mais engraçado parecia, e mais eu ria. Num minuto, Michael estava rindo comigo. Ele pegou minha mão.

— Então, quer ir lá? — perguntou ele.

— Não tenho certeza.

— A gente não precisa fazer nada… a gente pode só conversar.

12

Sharon e Ike moram em um prédio com um jardim central em Springfield. Todas as portas interiores são pintadas de verde.

— Espero que ninguém pense que a gente está tentando invadir — falei, enquanto Michael colocava a chave na fechadura. — Tem uma senhora nos observando. — Apontei para uma janela.

— Não liga pra ela. — Michael empurrou a porta e abriu. — É a sra. Cornick... ela mora no andar de baixo e sempre fica na janela. — Ele acenou para ela e a mulher baixou a veneziana. — Vamos lá, eles moram no andar de cima.

As escadas davam na sala de estar.

— É legal — falei, olhando ao redor. Não havia muita mobília, mas eles tinham um tapete persa fantástico e três pôsteres de chimpanzés andando de bicicletas. Caminhei até uma planta e segurei uma folha. — Água demais... é por isso que as beiras das folhas estão marrons...

— Vou avisar pra Sharon.

— Não, não fala... aí ela vai saber que eu estive aqui.

— E daí?

— E daí que eu não quero que ela saiba… tá bem?

— Não entendo por que, mas tudo bem. Você quer comer alguma coisa?

— Talvez…

Nós fomos até a cozinha, que era pequena, estreita e sem janelas.

Michael abriu a porta da geladeira.

— Quer uma maçã… ou uma toranja? Só estou vendo isso na geladeira.

— Aceito uma maçã.

Ele limpou a fruta na camiseta, então a lançou para mim.

— Vou te dar um tour da casa — disse ele.

Já que eu já tinha visto a sala de estar e a cozinha, nós começamos com o banheiro.

— Repara no encanamento interno — Michael demonstrou como dar a descarga.

— Muito interessante.

— E água quente e fria. — Ele abriu ambas as torneiras.

— Bem luxuoso.

— E, além disso, uma banheira genuína. — Ele entrou na banheira e eu o embrulhei com a cortina do chuveiro. Enquanto ele estava ali, eu enrolei o miolo da maçã em papel higiênico e escondi na bolsa. Michael saltou para fora da banheira, pegou minha mão e disse:

— A seguir…

Nós sabíamos que faltava apenas um cômodo.

— Apresentando… — Michael disse e fez uma reverência. — O quarto.

Havia uma cama de bronze, coberta com uma colcha de retalhos e um pôster com a palavra AMOR pendurado na parede acima. Havia também dois baús, com pilhas altas de livros sobre eles.

Michael saltou para cima da cama, enquanto eu observava da porta.

— Colchão bom... — disse ele. — Bom e firme... caso você esteja interessada.

— Em pular, quer dizer?

— No que quiser... — Ele se deitou e olhou para o teto. — Kath...

— Hmmm...

— Vem cá...

— Achei que a gente só fosse conversar.

— E a gente vai... mas você está tão longe, não quero ter que gritar.

— Consigo te ouvir bem.

— Deixa de bobagem, tá?

Eu fui até a cama e me sentei na beirada.

— Tem uma coisa que eu gostaria de saber...

— O quê?

— Você já trouxe outras garotas aqui?

— Lá vem o seu lado ciumento.

— Não vou negar... mas ainda quero saber.

— Nunca — disse ele. — Nunca trouxe uma garota aqui.

— Acho bom

— Porque eu acabei de pegar minha chave.

— Canalha! — gritei, peguei um travesseiro e bati nele.

— Ei... — Ele arrancou o travesseiro de mim e me pressionou na cama. E então ele me beijou.

— Me solta. Michael... por favor.

— Não posso, você é perigosa demais.

— Vou me comportar, prometo.

Ele soltou meus braços e eu o abracei; nos beijamos outra vez.

— Você é linda — disse ele, baixando os olhos para mim.

— Não fala assim...

— Por que? Você tem vergonha?

— Tenho.

— Tá bom... então você é feia! Você é tão feia que me dá vontade de vomitar. — Ele se virou e se inclinou para fora da cama, fazendo um horrível barulho de vômito.

— Michael... você é maluco... para... não aguento esse barulho!

— Tá bem.

Nós ficamos deitados um ao lado do outro, nos beijando, e logo Michael tirou meu suéter e eu me sentei na cama, abrindo o meu sutiã para ele. Enquanto eu tirava as peças, Michael passou seu suéter por cima da cabeça. Então ele me abraçou.

— A sensação é tão boa — ele disse, me beijando por todos os lados. — Adoro sentir você. Você é macia como a Tasha.

Eu comecei a rir.

— O quê? — Michael perguntou.

— Nada...
— Eu te amo, Kath.
— Eu te amo — falei. — Mesmo que você seja saltado pra fora.
— O que é saltado pra fora?
— O seu umbigo salta para fora — falei, passando os dedos por cima da cintura dele.
— Não é só isso que está saltando pra fora.
— Michael, estamos falando de umbigos.
— Você está...
— Eu estava explicando que o seu umbigo é pra fora, e o meu é pra dentro... está vendo como o meu é um buraquinho?
— Hmm... — disse ele, beijando-o.
— Umbigos têm gosto de alguma coisa? — perguntei.
— O seu tem... é delicioso... como o resto de você.
— Ele abriu meus jeans, então os dele.
— Michael... Eu não tenho certeza... por favor...
— Shhh... não diga nada.
— Mas Michael...
— O de sempre, Kath... só isso...
Nós dois ficamos com as roupas de baixo, mas depois de um minuto, Michael estava puxando a minha para baixo, e seus dedos começaram a me explorar. Deixei minha mão passear pela barriga dele e descer até, enfim, começar a acariciar Ralph.
— Ah, assim... assim... — falei, enquanto Michael me fazia gozar. E ele gozou também.

Nós nos cobrimos com a colcha de retalhos e descansamos. Michael cochilou por um tempo e eu o assisti, pensando que quanto mais você conhece uma pessoa, mais você a ama. Será que duas pessoas algum dia chegam ao ponto de saberem absolutamente tudo que existe para saber uma da outra? Eu me inclinei e toquei seu cabelo. Ele não se moveu.

Na noite seguinte, Michael me buscou às sete e meia e nós fomos direto para o apartamento. Eu sabia que a gente iria. Nós dois mal podíamos esperar para estar juntos e a sós. E quando ficamos nus nos braços um do outro, eu quis fazer tudo: eu quis sentir Michael dentro de mim. Não sei se ele percebeu isso, mas ele sussurrou:

— Por favor, Kath... por favor, vamos continuar...

E eu disse:

— Vamos, Michael... vamos... mas aqui não... não na cama.

— Sim... aqui... — disse ele, movendo-se para cima de mim.

— Não, a gente não pode... Eu posso sangrar.

Ele rolou de cima de mim.

— Tem razão, eu tinha me esquecido disso... Vou buscar algo.

Ele voltou com uma toalha de praia.

— Aqui embaixo — chamei, porque ele não conseguia me ver no escuro.

— No chão?

— No chão.

— O chão é duro demais.

— Eu não me importo... e a gente não vai precisar se preocupar com possíveis manchas.

— Isso é loucura.

— Por favor, Michael... só me dá a toalha, espero que seja uma velha.

Ele se deitou do meu lado.

— Está congelando aqui embaixo — disse ele.

— Eu sei...

Ele levantou e buscou a colcha da cama. Nós nos aninhamos embaixo dela.

— Agora está melhor. — Ele me abraçou.

— Olha — falei. — É melhor você saber de uma vez... Eu estou apavorada.

— Eu também.

— Mas pelo menos você já teve alguma experiência.

— Não com uma pessoa que eu amo.

— Obrigada — falei, beijando a bochecha dele.

Ele passou as mãos por todo meu corpo, mas nada aconteceu. Acho que eu estava nervosa demais.

— Michael, você trouxe alguma coisa? — perguntei.

— Pra quê? — Ele mordiscou meu pescoço.

— Sabe...

— Você não acabou de ficar menstruada?

— Semana passada, mas não vou me arriscar.

— Se você tá com medo de doenças, prometo que tá tudo bem.

— Eu tenho medo de engravidar. Toda mulher tem um ciclo diferente.

— Tá bem, tá bem… — Ele se levantou. — Eu tenho uma camisinha na carteira… assim que eu encontrar. — Ele tateou até achar a calça. Estavam no chão do lado da cama, então ele precisou acender a luz para procurar a camisinha. Quando encontrou, ele a levantou:
— Satisfeita? — Michael apagou a luz de novo.
— Vou ficar quando você colocar.
Ele se ajoelhou ao meu lado e pôs a camisinha.
— Mais alguma coisa?
— Sem fazer gracinhas agora, por favor…
— Não vou… não vou…
A gente se beijou. Então ele estava em cima de mim e eu senti Ralph, duro, contra minha coxa. Bem quando pensei *Ai, meu Deus… a gente vai transar de verdade*, Michael gemeu e disse:
— Ah, não… não… desculpa… mil desculpas…
— O que houve?
— Eu gozei… Eu não sei o que dizer. Gozei antes de entrar. Eu estraguei tudo… Acabei com tudo.
— Tá tudo bem — falei. — Tudo bem… de verdade.
— Não, não está.
— Não é importante.
— Talvez não pra você…
— Pode ter sido porque a gente ficou conversando. A gente não devia ter falado tanto.
— Na próxima, vai ser melhor. Eu prometo… Ralph não vai fracassar duas vezes.
— Certo. — Eu peguei a mão dele e a beijei.

— Vamos só cochilar por um tempo, aí a gente pode tentar de novo depois.
— Não estou cansada, mas estou com muita fome.
— Não tem nada pra comer aqui.
— A gente pode sair.
— Se vestir e sair?
— Por que não?
— É... Acho que podemos.

A gente foi até uma lanchonete comer uns hambúrgueres. Na volta para o apartamento, paramos numa farmácia para o Michael comprar mais camisinhas. Eu fiquei no carro.

— Vamos tentar na sala — disse Michael quando voltamos.
— Eu não... não naquele tapete lindo.
— Ah, poxa... tem tantas cores nele que nada apareceria de qualquer forma... e é mais macio do que o piso de madeira.
— Não sei... — falei, olhando para o tapete.
— Vou dobrar a toalha. — Ele a estendeu. — Aqui... isso resolve.

Dessa vez, tentei relaxar e não pensar em nada, nada além das sensações no meu corpo, e então Ralph estava roçando contra mim, e eu sussurrei:

— Você entrou? A gente está transando?
— Ainda não — disse Michael, empurrando mais forte. — Não quero machucar você.
— Não se preocupa, só vai em frente!

— Estou tentando, Kath, mas é bem apertado aí.
— O que é que eu faço?
— Você pode abrir um pouco mais as pernas... e talvez levantar um pouco?
— Assim?
— Assim é melhor, muito melhor.

Eu conseguia sentir metade dele dentro de mim, e então Michael sussurrou:
— Kath...
— O quê?
— Acho que vou gozar de novo.

Senti um empurrão forte, seguido de uma dor aguda rápida que me fez ofegar.
— Ah... ah — Michael gritou, mas eu não gozei. Eu não estava nem perto de gozar. — Desculpa — disse ele.
— Não consegui segurar. — Ele parou de se mover. — Não foi muito bom pra você, né?
— Todo mundo diz que a primeira vez não é muito boa para uma garota virgem. Não estou desapontada.

Mas eu estava. Eu queria que fosse perfeito.
— Talvez tenha sido a camisinha — disse Michael.
— Eu devia ter comprado a do tipo mais caro. — Ele beijou minha bochecha e pegou minha mão. — Eu te amo, Kath. Queria que tivesse sido bom para você também.
— Eu sei.
— Na próxima vai ser melhor... A gente vai trabalhar nisso. Você sangrou?
— Não sinto nada diferente. — Amarrei a toalha de praia na cintura e fui no banheiro. Quando me limpei

com papel, vi algumas manchas de sangue, mas nada como eu tinha esperado. No caminho para casa, eu pensei em como não era mais virgem. Nunca mais teria que passar pelo trabalho da primeira vez e isso me deixou feliz: estava tão feliz que tinha acabado! Ainda assim, não consegui conter um sentimento de frustração. Todo mundo fala tanto de um ato simples, como se fosse algo imenso. Mas Michael provavelmente tinha razão: precisamos ter paciência. Não conseguia imaginar como seria uma primeira vez com alguém que eu não amasse.

13

Estávamos sentados ao redor da mesa da cozinha no dia seguinte, fazendo nosso brunch de domingo. Eu achava que, assim que meus pais me vissem, eles com certeza notariam. Mas depois de um tempo, eu me dei conta de que estavam agindo da mesma forma de sempre comigo, então achei que minha experiência não transparecia, no final das contas.

 Eu passei um pouco de cream cheese numa metade de bagel e decorei a parte de cima com pedaços de salmão defumado. Meu pai e Jamie juntaram as metades dos bagels como sanduíches, mas não gosto dos meus desse jeito. Mamãe faz como eu. Ela meio que tritura o salmão dela, criando uma espécie de creme.

 Quando o telefone tocou, papai disse:

 — Eu atendo... — Ele consegue alcançar o telefone de onde se senta à mesa. — Alô... quem deseja, por favor? Só um instante... — Ele cobriu o telefone com uma mão e disse: — É para você, Kath.

 — Quem é?

 — Tommy Aronson.

 Tommy Aronson?

Eu movi a boca sem emitir nenhum som, e meu pai assentiu com a cabeça.

— Vou atender no segundo andar — falei.

Atendi a linha de extensão no quarto dos meus pais e limpei a garganta antes de dizer:

— Alô...
— Katherine?
— Sim?
— É o Tom Aronson... lembra de mim?
— Lembro.
— Voltei para a cidade para passar o final de semana.
— O final de semana já tá quase acabando.
— Só vou embora amanhã de manhã.
— Aproveite o passeio.
— Estou vendo que você não mudou nada.
— E você, mudou?
— Por que você não sai comigo hoje à noite e vê por si mesma?
— Desculpa... Não posso.
— Ora, vamos... Vou me comportar.
— Não é isso...
— Então o que é?
— Estou saindo com alguém.
— Ah... alguém que eu conheço?
— Não.
— Bom, nesse caso... qual o número da sua amiga?
— Tenho várias amigas.
— Aquela pequeninha, sabe...
— Erica?

— Essa aí.

— O sobrenome dela é Small, e ela está na lista telefônica. — Eu desliguei antes que ele pudesse dizer qualquer outra coisa. Ele tinha muita cara de pau para voltar à minha vida logo hoje, de todos os dias! E pedindo o número da Erica só para me deixar com ciúmes... como se eu me importasse!

Voltei para a cozinha e me sentei à mesa. Minhas bochechas estavam queimando.

— Era Tommy Aronson — falei.

— A gente sabe — disse minha mãe.

— O que ele queria? — perguntou Jamie.

— Sair de noite.

— Você vai?

— É claro que não... Eu não sairia com ele nem morta!

— Você gostava dele — disse Jamie.

— Isso faz muito tempo... as coisas mudaram.

— O Michael vai ser o seu único namorado?

— Por enquanto — respondeu mamãe, antes que eu pudesse dizer qualquer coisa. Ela sorriu e me ofereceu outra metade de bagel.

Balancei a cabeça. O telefone tocou de novo.

— Esse Tommy não consegue ouvir um não como resposta — falei, atendendo. — Alô... — Eu estava claramente irritada.

— Kath? — Era Michael.

— Ah, oi...

— O que houve?

— Nada... Achei que era outra pessoa ligando... espera aí, vou atender no segundo andar.

— Como você está? — perguntou ele quando atendi na extensão.

— Estou bem, e você?

— Tudo bem... Só queria contar que pensei em você a noite toda.

— Eu também... quer dizer, eu também pensei em você.

— E queria dizer que foi muito especial pra mim.

— Pra mim também...

Minha mãe foi ao meu quarto naquela noite.

— Recortei esse artigo da *Times* de hoje — ela disse, me passando o papel. — Acho que tem muita coisa legal... você pode achar interessante.

Eu me ajeitei na cama, ajustei meu abajur e olhei o artigo. Talvez minha mãe pudesse perceber algo de diferente em mim no final das contas. O título era: *E o direito de dizer "não"*? e o subtítulo era *Liberação sexual*. O autor da matéria era o diretor de Medicina Clínica em Yale. Ele disse que sempre faz quatro perguntas às adolescentes (eu ainda sou considerada uma adolescente?) quando conversa com elas sobre sexo:

1. A relação sexual é necessária para um relacionamento?

2. O que você espera de uma relação sexual?

3. Se você precisar de ajuda, onde vai procurar?

4. Você já pensou em como o seu relacionamento vai terminar?

Ele prosseguia explicando cada pergunta. Ao desenvolver a pergunta dois, ele disse que *o fazer amor de forma prazerosa, que culmine em orgasmo, não é fácil. Geralmente, requer educação mútua. São necessários tempo, esforço e paciência para aprender a fazer amor.* Isso fez com que eu me sentisse melhor com a noite anterior. É engraçado, porque eu costumava pensar que se você lesse livros o suficiente, você automaticamente saberia como fazer tudo do jeito certo. Mas ler e fazer não são a mesma coisa de jeito nenhum.

A pergunta três não me interessava tanto, então eu pulei direto para a pergunta quatro, que me deixou muito brava. Por que eu teria que pensar sobre terminar com Michael quando começamos a sair agora? E eu não gostei do jeito que ele falou *Rejeição é rejeição, não importa se for divórcio, namorico de criança ou flerte adolescente.* De qualquer forma, quem disse que um relacionamento precisa terminar?

— O que achou? — perguntou mamãe durante o café da manhã.
— Do quê?
— Do artigo?
— Ah... bem, eu gostei.
— Você concordou?
— Em partes... tipo, uma pessoa não deveria nunca se sentir forçada a fazer sexo... ou a fazer algo para agradar outra pessoa...
— Fico feliz que você pense assim.

— Estou respondendo hipoteticamente — expliquei a ela. — Não baseado em uma questão pessoal.
— Claro, claro.
— Você não vai acreditar em quem me ligou ontem — disse Erica. Estávamos sentadas na aula de inglês, que fazemos juntas no segundo período. O sr. Frazier não estava lá ainda.
— Tommy Aronson? — perguntei.
— Ele te ligou primeiro? Eu percebi que Erica estava surpresa e magoada também.
— Só pra pegar o seu número — falei.
— Ah, nossa... por um instante, eu realmente desconfiei.
— Você saiu com ele?
— Não... mas ele foi lá em casa. — Erica deve ter notado alguma expressão no meu rosto que a fez acrescentar:
— A gente não ficou, se é isso que você está se perguntando.
— Não estou me perguntando nada... o que você faz é problema seu.
— Não que ele não tenha tentado. E não que eu não tivesse curiosidade... ele é muito sexy.
— Então por que vocês não ficaram?
— Porque ele é tão chato... não tem uma ideia na cabeça. Se comparado ao Artie, ele é um grandessíssimo nada... mesmo tendo uma ereção perpétua.

Nós duas rimos enquanto sr. Frazier entrava na sala, alisando o cabelo com a mão. O zíper da calça dele estava semiaberto, como de costume. Fiquei surpresa que Erica não comentou nada sobre o fato de que eu não era mais virgem. Ela disse que conseguiria perceber num instante. Eu tinha certeza de que ela me perguntaria tudo a respeito. Então, de certa forma, sempre serei grata a Tommy Aronson, porque se ela não estivesse com ele na cabeça, teria feito um interrogatório. E não tenho certeza de que teria contado a verdade para ela.

Sobre a escola, tenho duas coisas a dizer: a primeira é que o último ano é um saco, exceto por algumas atividades e as aulas de história. A segunda é que todo mundo só está matando tempo até a formatura e todos os professores sabem disso.

Sobre meus outros amigos, que eu também não mencionei, eu já sei que, depois da formatura, não vamos nos ver muito. É engraçado como uma pessoa pode se afastar dos amigos quando eles eram as pessoas mais importantes na sua vida poucos anos antes. A gente costumava andar em grupo: éramos oito e fazíamos tudo juntos. A gente ainda divide uma mesa no intervalo de almoço, mas eu não falo com eles pelo telefone todas as noites, do jeito que fazia, e com certeza não compartilho mais os meus pensamentos mais profundos com eles. Erica é a única que realmente me importa agora.

Janis Foster costumava ser uma das minhas melhores amigas. Desde o nono ano, Janis começou a sair com Mark Fiore. Ele está terminando o primeiro ano na faculdade em Rutgers agora. Naturalmente, Janis vai para a Universidade de Douglass. Ela e Mark têm a vida inteira planejada. Eles sabem exatamente quando vão se casar e quando Bebê Um e Bebê Dois vão nascer. Eles até já escolheram os nomes. Às vezes, aos domingos, eles saem para olhar casas, e nos almoços das segundas-feiras, Janis nos conta que eles sabem exatamente onde querem morar daqui a sete anos. Eles fazem a vida parecer tão tediosa.

Evitar a Janis e o Mark tem sido complicado recentemente. Ela sabe que estou saindo com Michael e quer conhecê-lo. Fazemos aula de dança moderna juntas, e Janis sempre me procura para fazer planos para sairmos juntos. Estou ficando sem desculpas. Talvez seja egoísta, mas não quero desperdiçar uma noite com Michael passando-a com eles. Ela deve ser muito idiota para não entender as indiretas.

Naquela noite, Michael me ligou logo depois do jantar.

— Eu posso ir aí... só por um minutinho?

— Tenho que terminar um trabalho sobre Somerset Maugham — expliquei a ele.

— Eu fico só uma hora. Estou com saudades, Kath.

— Também estou com saudades — sussurrei.

— Te vejo daqui a pouco.

— Tá bem.

Corri para o andar de cima, tomei um banho e lavei o cabelo. Se eu não lavar o cabelo por dois dias, ele fica oleoso e horrível. Coloquei uma calça jeans limpa e um moletom.

— Eu trouxe os meus livros — disse Michael, depois de nos cumprimentarmos com um beijo.

— Boa… porque se eu não entregar esse trabalho na sexta-feira, vou rodar nessa matéria. A gente pode estudar na mesa da cozinha.

Assim que organizamos nossos livros, Jamie entrou.

— Quero um pretzel — disse ela.

— Pega a caixa e sai, por favor — falei para ela.

— Tá bom, tá bom…

Poucos minutos depois, ela estava de volta.

— Pretzels me dão sede… Preciso de um suco.

— Jamie…

— Tá bem… Eu já entendi.

— Não é que a gente não queira você aqui — disse Michael. — É só que temos que estudar muito.

— Claro.

Às dez horas, Michael guardou seus livros e eu o acompanhei até o carro.

— Entra rapidinho — pediu ele.

Nós nos abraçamos e nos beijamos.

— Não sei como vou aguentar até sexta-feira — disse Michael. — Não consigo pensar em mais nada.

— Nem eu.

Nós nos beijamos outra vez.

Como minha mãe disse, não dá para voltar a ficar só de mãos dadas e, de qualquer forma, eu não quero mesmo.

14

— Não tem aula na sexta-feira — disse Erica. Estávamos no vestiário, colocando as roupas para a aula de educação física.

— Eu sei... é alguma reunião especial de professores.

— Quer ir ver a pré-estreia do novo filme do Robert Redford?

— Está brincando? Adoraria!

— Pegamos o trem das oito e quarenta e cinco.

— Te encontro na estação.

— Não, a gente pode te buscar... por volta de umas oito e meia.

— Ótimo... E agradeça à sua mãe por me chamar.

Quando cheguei em casa da escola, encontrei um pequeno embrulho no correio, da minha avó. Ao rasgá-lo para abrir, eu me perguntei se poderia ser um presente de aniversário adiantado. Assim que vi o que tinha dentro, eu soube que não era. Primeiro, li o bilhete.

Querida Kath,

Fiquei sabendo que você e Michael estão namorando oficialmente. Achei que isso poderia ser útil. E lembre-se, se algum dia precisar conversar, estou à disposição. Eu não julgo, só aconselho.

Com amor,
Vovó

Tirei do embrulho um monte de panfletos da Planned Parenthood, a associação de educação sexual, a respeito de anticoncepcionais, aborto e infecções sexualmente transmissíveis.

De início, fiquei brava. Vovó estava tirando conclusões precipitadas de novo, pensei. Mas então me sentei e comecei a ler. Ela tinha me mandado um monte de informação útil. Será que minha mãe tinha combinado isso com ela?

Fui até o telefone e liguei para o escritório dela.

— Gross, Gross e Gross, boa tarde...

— Hallie Gross, por favor — falei.

— Quem deseja?

— Katherine Danziger.

— Um momento...

— Kath? — Era a voz de vovó.

— Oi — falei. — Acabei de receber o que você mandou.

— Que rápido. Eu mandei ontem.

— Estava aqui quando cheguei da escola.

— Você não está brava, está?
— Eu? Por que eu ficaria brava?
— Você não deveria ficar... mas às vezes você tira conclusões precipitadas.
— Eu? Eu que tiro conclusões precipitadas?
— Você, sim.
— Olha, eu gostei das coisas que você mandou... são bem interessantes... não pessoalmente nem nada... em geral.
— Que bom que você achou isso. Mas me faz um favor... não conta para a sua mãe ou para o seu pai...
— Por que não?
— Às vezes, é difícil pros pais aceitarem os fatos... então vamos manter isso entre nós, está bem?
— Claro, está bem. Estou indo a Nova York na sexta--feira... Talvez eu pudesse encontrar você e vovô pra almoçar.
— Adoraríamos — disse ela. — Vou fazer uma reserva no Basil's... Meio-dia e meia?
— Certo.
— Te vejo lá.
— Certo... tchau.

Naquela noite, fui para a cama cedo e li todos os panfletos. Quando terminei, pensei que poderia até abrir um serviço na escola de tanto que já sabia, o que não seria uma ideia tão ruim, considerando que tem uma garota na minha aula de educação física que, até esse ano, não sabia que sexo era como você engravidava, e ela já tinha transado!

* * *

Na manhã seguinte, durante o período de estudo livre, fui até a cabine telefônica perto da sala e liguei para a Planned Parenthood em Nova York. O telefone tocou três vezes antes de atenderem.

Ou estava muito quente na cabine ou eu estava nervosa, porque, do nada, eu estava suando como louca.

— Alô, como posso ajudar?

— Alô — falei, tossindo duas vezes. — Eu gostaria de algumas informações sobre anticoncepcionais... quer dizer, sobre como conseguir anticoncepcionais.

— Um momento, por favor.

Ela transferiu a ligação para outra pessoa.

— Você gostaria de marcar uma consulta?

— Acho que sim.

— Quantos anos você tem?

— Isso é importante?

— Não... Nós não exigimos a permissão de um responsável, mas se você for adolescente, temos sessões especiais.

— Ah... Eu faço dezoito em duas semanas.

— Então você poderia vir nesta quinta-feira às quatro horas.

— Sexta-feira seria melhor para mim. Eu moro em Nova Jersey e vou estar em Nova York na sexta.

— Um minutinho, por favor. — Ouvi um clique. Depois de alguns segundos, ela voltou à linha. — Temos horário na sexta à tarde também.

— Ah, que ótimo.

— Seu nome, por favor?
— Katherine Danziger.
— Poderia soletrar o sobrenome?
— D-a-n-z-i-g-e-r.
— Muito bem... venha para a Clínica Margaret Sanger na esquina com a 22nd Street e a 2ª Avenida às três da tarde.
— Obrigada... Estarei aí.

Na manhã de sexta-feira, meu pai me perguntou se eu precisava de algum dinheiro para meu dia em Nova York.

— Tenho um pouco que eu economizei — disse para ele.

— Então use isso pra passagem de trem — disse ele, me passando uma nota de cinco.

— Obrigada, pai.
— Aproveitem.

Ir para uma sessão privada com Juliette Small é muito diferente de ir para o cinema normal. Essa era a terceira vez que ela me convidava. Gosto da sra. Small. Ela age como uma pessoa normal. Você nunca adivinharia que ela é famosa. Tinha cerca de vinte e cinco pessoas na exibição além de nós, e Erica disse que a maioria delas eram críticos, como a mãe dela.

Depois do filme, a sra. Small me perguntou o que eu tinha achado.

— Bom... eu simplesmente adoro o Robert Redford — contei.

— Todos nós adoramos... Mas quis dizer da história.
— Ah, a história... eu gostei...
— Mas...
— Não acho que algo assim poderia acontecer desse jeito na vida real...
— Exatamente! — disse ela. — Mas você queria, não queria? Estava esperando que acontecesse dessa forma.
— Estava.
— Entende... esse é o objetivo do filme.
— Vai ser um arraso — disse Erica.
— Apesar da minha avaliação, quer dizer?
— Apesar da avaliação de qualquer um.
— Concordo com você, completamente — disse a sra. Small. Ela vestiu o casaco. — Bom, isso encerra as nossas atividades... Estou pela conta de vocês pelo resto do dia. Onde começamos, o Guggenheim, o Whitney...?
— Vamos almoçar? — sugeriu Erica.
— Já está com fome?
— Morta de fome...
— Então é hora do almoço. Kath, quer vir com a gente?
— Ah, obrigada... mas vou encontrar meus avós.
— É claro, Erica me contou... como eles estão?
— Muito bem.
— Ótimo... mande um beijo pra eles por mim.
— Mando, sim. E muito obrigada pela sessão. Eu gostei muito.

Do lado de fora, peguei um táxi e dei o endereço do Basil's para o motorista. É o restaurante favorito dos meus avós, um lugar muito pequeno no East Side, onde Basil, o dono, monta pratos especiais para seus clientes regulares, como o vovô, que está numa dieta de baixo sódio.

Eles estavam me esperando em uma mesa com sofá, onde gostam de se sentar. Vovô parecia bem pálido. Eu o beijei na bochecha, então abracei a minha avó. Ela estava usando um grande chapéu de feltro amarelo.

— Ei, gostei do chapéu — falei para ela.

— É bom pra esconder o cabelo — disse ela. — Sempre que ele fica sujo, uso esse chapéu.

O próprio Basil veio anotar os pedidos, e quando lhe perguntei do especial do dia, Frango à Kiev, ele sacou o lápis e desenhou o prato para mim, bem na toalha de mesa, me explicando como se preparava. Depois disso, eu senti que tinha que pedir o frango.

— Bom... — disse vovó, quando Basil tinha terminado de anotar os pedidos. — Deixa eu dar uma boa olhada em você. — Ela apertou os olhos para me inspecionar. Tentei manter uma expressão neutra. Enfim, ela disse: — Maravilhosa, radiante...

— Ai, vovó... As pessoas não irradiam de verdade... essa é uma expressão tão boba.

— Como assim as pessoas não irradiam de verdade? Claro que irradiam. Não tenha vergonha... fica muito bem em você. — Ela olhou para o outro lado da mesa para o meu avô. — Ela não está radiante, Ivan?

— Para mim, Katherine está sempre radiante — meu avô disse devagar.

— Deve ser o amor — disse vovó.

Eu sabia que estava corando, mesmo que não quisesse.

Vovô ergueu seu copo de água.

— Ao amor… — disse ele.

Vovó completou o brinde.

— Ao amor…

Depois da sobremesa, vovó e eu fomos ao toalete. Pensei em contar a ela sobre minha consulta às três da tarde na Clínica Margaret Sanger. Eu sabia que ela ficaria contente. Mas acabei decidindo não contar, porque queria que fosse minha própria experiência, uma que não precisasse compartilhar com ninguém, só com Michael.

Nós nos despedimos do Basil e saímos. Tinha ficado muito quente, como um lindo dia de primavera.

— Uau… — disse vovó, abrindo o casaco. — Vou voltar para o escritório por uma hora. Tenho um pouco de trabalho pra terminar…

Conferi meu relógio.

— Bom, acho que vou indo agora. Tenho muitas compras para fazer. — Eu dei um beijo de despedida em cada um deles. — Obrigada pelo almoço. — Vovô me abraçou com um aperto mais forte.

Observei vovó ajudá-lo a entrar num taxi, então comecei a andar. Tem alguma coisa no simples ato de andar por Nova York que realmente me atrai, em especial num dia de sol forte. Tirei o casaco e o pendurei no braço. Eu tinha vontade de sorrir para todo mundo na rua, mesmo sabendo que não deveria fazer isso em Nova York. Poderia causar um problema.

15

Cheguei na clínica às duas e quarenta e cinco. Entrei e dei meu nome à recepcionista. Tinha sete outras pessoas na minha sessão em grupo, incluindo dois casais jovens. Primeiro, tivemos uma conversa geral com um médico e uma assistente social. Eles falaram sobre todos os métodos de contracepção. Você podia fazer perguntas se quisesse. Eu não quis fazer nenhuma.

Depois, vinha uma sessão particular chamada Aconselhamento Pessoal — só eu e uma assistente social. Ela era jovem e muito bonita, com o cabelo longo preso e óculos de lentes coloridas. Ela se chamava Linda Kolker.

Eu me perguntei se ela tinha muita experiência sexual e decidi que devia ter, ou não conseguiria o trabalho.

Nós falamos do clima e da minha família por um minuto, então ela me perguntou do motivo da minha ida à clínica. Falei para ela:

— Acho que é minha responsabilidade me certificar que eu não engravide.

Ela concordou com a cabeça e disse:

— Você tem um namorado especial?
— Tenho.

— Você já conversou sobre isso com ele?
— Não muito.
— Como você acha que ele vai se sentir?
— Tenho certeza de que ele vai ficar muito feliz. Ele aprova o uso de anticoncepcional.
— Mas vir aqui foi ideia sua?
— Sim, com certeza.
— Bom. Algumas das perguntas que tenho que fazer são bastante pessoais, Katherine... para que possamos determinar que método contraceptivo vai funcionar melhor pra você.
— Entendo.
— Você já teve uma relação sexual?
— Já.
— Vocês usaram algum método contraceptivo?
— Sim.
— Qual?
— Camisinha... quer dizer, preservativo.
— E você acha que esse método não é bom para vocês?
— Bom, é difícil dizer, porque nós só transamos uma vez.
— Ah... Entendo...
Agora foi minha vez de assentir.
— Mas vocês planejam ter relações regularmente?
— Planejamos.
— Com que frequência?
— Com que frequência? — repeti.

— Sim, com que frequência vocês planejam ter relações?

— Bom... eu não sei exatamente.

— Você diria nos finais de semana e feriados, todos os dias, uma vez ao mês ou algumas vezes por ano?

— Acho que em finais de semana, principalmente.

— Você acha que vocês vão saber antes ou vai ser uma decisão espontânea?

— Acho que vou saber antes.

— Certo, acho que tenho todas as informações. Vou precisar de um pouco do seu histórico médico. Quantos anos você tinha quando começou a menstruar?

— Quase catorze.

— E as suas menstruações são regulares?

— Mais ou menos, eu tenho a cada quatro ou cinco semanas.

— E quanto tempo dura cada menstruação?

— Uns cinco dias.

— Você tem algum sangramento entre as menstruações?

— Não.

— Corrimento vaginal?

— Às vezes.

— De que cor?

— Só transparente.

— Isso é normal... Alguma cólica severa?

— Não, só um pouco de dor na lombar no primeiro dia... nada de mais.

— E a sua mãe, ela tem boa saúde?

— Sim, ela está bem.
— Ela toma pílula anticoncepcional?
— Não, ela usa um diafragma.
— Um método excelente se usado da forma correta.
— Eu preferiria usar a pílula.
— Claro, tem as vantagens estéticas, mas não é o ideal para todo mundo. — Acho que eu devo ter feito uma expressão insatisfeita quando ela disse isso, porque ela acrescentou: — Vamos ver o que o médico tem a dizer, está bem? Toda a ideia de vir aqui é descobrir qual método funciona melhor para cada indivíduo.

Concordei com a cabeça de novo.

— Bom, agora... Preciso da sua autorização escrita para a cultura de gonorreia... — Ela hesitou por um instante, e então acrescentou: — É simples e não causa dor.

— Mas é impossível eu ter gonorreia — argumentei.

— Sempre existe uma possibilidade... e geralmente é difícil para a mulher saber...

— Mas o Michael... além disso...

— Olha, só demora uns segundos e é muito mais seguro ter certeza...

— Certo — falei, decidindo que era mais fácil concordar. Assinei o meu nome. Tentei não pensar em Michael e naquela garota na praia do Maine.

— Bom — disse ela, levantando-se. Ela estendeu a mão e eu a apertei. — Nós nos vemos depois do seu exame físico, Katherine.

— Certo — falei. — E obrigada.

Meu exame físico consistia em me pesar, tirar pressão, fazer um exame de rotina de mamas, com o médico explicando como eu deveria conferir meus seios todos os meses, e então tive meu primeiro exame pélvico. Tentei agir como se estivesse acostumada com a situação toda, mas não consegui enganar o médico, que disse:

— Tente relaxar, Katherine. Não vai doer.

E não doeu mesmo, mas foi desconfortável em alguns momentos, como quando ele pressionou do lado de dentro com uma das mãos e o de fora com a outra.

Então, ele passou uma coisa gelada para dentro da minha vagina e explicou:

— Isso é um espéculo vaginal. Ele mantém as paredes da vagina abertas, para poder ver o lado de dentro com facilidade. Você gostaria de ver o seu cérvix?

— Eu não sei...

— Acho que é uma boa ideia se familiarizar com o próprio corpo.

Ele segurou um espelho entre minhas pernas e olhei para baixo enquanto ele explicava o que eu estava vendo. Isso me lembrou da vez em que Erica me ensinou a usar absorventes internos. Eu precisei segurar um espelho entre as pernas também, para encontrar o buraco certo.

— Que interessante — falei ao médico.

— Muito... o corpo humano nunca deixa de surpreender. — Ele guardou o espelho e eu me deitei de volta na cama hospitalar.

— Estou quase terminando, Katherine... só um papanicolau... pronto — disse ele, passando um troço que parecia um cotonete longo para a assistente. — E a cultura de gonorreia... certo... agora pronto. — Ele tirou a luva de látex. — Agora, você tem alguma preferência em relação a métodos contraceptivos?

— Tenho — falei. — Eu gostaria de tentar a pílula.

— Não vejo nenhum motivo para você não usar, você está em excelente saúde... vista-se agora e a srta. Kolker vai receber você de volta no escritório dela.

— Como foi? — perguntou ela.

— Ah, nada de mais.

— Aqui está sua receita. — Ela passou o papel pela escrivaninha, então me deu pílulas para dois meses com instruções, certificando-se de que eu entendia todos os detalhes. Nós também discutimos os possíveis efeitos colaterais, e caso eu apresentasse algum deles, eu deveria ligar para a clínica imediatamente.

Peguei um táxi para a Penn Station e peguei o trem das cinco e quinze. Eu mal podia esperar para contar as novidades para o Michael.

Mas, quando cheguei em casa, minha mãe disse:

— Michael ligou... ele está gripado.

16

Dois dias depois, eu fiquei com os mesmos sintomas. Minha temperatura subiu a quarenta graus. Eu mal conseguia engolir, minha cabeça doía muito e fiquei tão fraca e tonta que não conseguia chegar no banheiro sozinha. O médico prescreveu antitérmico, descanso e muito líquido.

Parecia que eu ia morrer.

Mamãe e papai se revezaram para faltar ao trabalho para cuidar de mim. Meu pai é um superenfermeiro. Ele faz uns sucos de frutas deliciosos no liquidificador, sabe exatamente quando você precisa de uma compressa fria na cabeça e adora jogar buraco para passar o tempo.

Fiquei de cama por quatro dias. Jamie não podia nem se aproximar de mim, mas todas as noites ela parava no batente da minha porta e me contava do seu dia. Na quinta-feira, me levantei por uma hora e andei um pouco. Eu tinha perdido três quilos e me sentia fraca. Naquela noite, liguei para Michael.

— Oi... como você está? — perguntei ele.

— Estou muito melhor... Caminhei um pouco hoje e amanhã vou sair da cama de vez.

— Não se surpreenda se sentir vontade de pular de volta na cama assim que sair... — Ele tossiu.

— Você não tá parecendo muito bem... você não pode tomar alguma coisa pra essa tosse?

— Pois é, estou com um mundo de coisas.

— Estou com saudades — falei.

— Não sentiria saudades se pudesse me ver agora... Eu pareço o monstro do lago Ness.

— Eu também não estou muito bem. Você vai voltar para a escola amanhã?

— Não... só volto segunda-feira.

— Você pode vir visitar no final de semana?

— Espero que sim... Eu te ligo amanhã e aviso.

— Certo... E se cuida.

— Você também. — Ele tossiu de novo.

No domingo à tarde, ele estava bem o suficiente para dirigir e fazer uma visita curta. Implorei para minha mãe me deixar lavar o cabelo, mas ela não cedeu. Então, eu enfiei o cabelo embaixo de um chapéu de praia, lembrando que é isso que vovó faz nessas situações. Eu sabia que estava com uma cara horrível, mas ele também estava. Tinha olheiras fundas.

— Que chapéu é esse? — perguntou ele.

— É pra esconder meu cabelo... Não quero que você veja como está.

— Você acha que faria diferença pra mim?

— Poderia fazer.

— Você parece cansada.

— E você está esverdeado — falei, começando a rir.

— Eu te falei, não foi? — Ele riu comigo até começar a tossir. — Quer uma pastilha pra tosse? — perguntou, jogando uma na boca.

— Obrigada.

Nós nos sentamos na salinha, de mãos dadas, e ficamos ouvindo música e conversando.

Esperei até o meu aniversário, na sexta-feira seguinte, para contar a Michael sobre a pílula. Ele tinha planejado um dia especial para comemorarmos. Primeiro, fomos ver *Candide* no teatro Paper Mill Playhouse, e então paramos no Mario's para jantar e comemos espaguete. Nós estávamos quase terminando quando Michael enfiou a mão no bolso e sacou uma caixinha de joia preta.

— Feliz aniversário — disse ele, colocando-a em cima da mesa.

— Isso é para mim? — Eu nunca soube como reagir quando ganhava presente. Eu sempre fico envergonhada. — O que é?

— Abre.

— Tá bem... — Eu abri a caixa devagar. Dentro, havia um pequeno disco prateado, com o nome Katherine gravado, pendurado em uma corrente prateada fina.

— Ah, Michael... é lindo demais.

— Vê o outro lado.

Eu virei, e do outro lado dizia *Para sempre... Michael*. Nesse momento, eu sabia que ia começar a chorar. Mordi o lábio e tentei segurar as lágrimas, mas nada funcionou.

Michael pediu a conta enquanto eu escondia o rosto atrás de um guardanapo.

— Acho que eu deveria ter esperado a gente estar sozinho — disse ele.
Eu não consegui responder.
— Ei, Kath, vamos... deixa disso, por favor...
Balancei a cabeça para mostrar que eu estava tentando.
— Era pra te deixar feliz... não triste.
— Não estou triste — expliquei numa voz estridente.
— Vamos sair daqui. — Michael pagou a conta, me guiou pelo restaurante e me levou até o carro.
Quando entramos, colocou o colar em mim e me beijou. Olhei para o disco prateado, toquei-o e falei:
— Na minha vida toda, nada vai ser tão importante quanto isso.
— Fico feliz que gostou.
Nós nos beijamos de novo, e então eu sussurrei em seu ouvido:
— Tenho uma surpresa pra você também.
— Meu aniversário é só mês que vem.
— Eu sei, é um tipo diferente de surpresa.
— Ah, bom, me conta...
— Você vai ter que adivinhar.
— Pelo menos me dá uma pista.
— Certo... é uma coisa que eu peguei.
— Uma IST?
Eu dei uma pancadinha na cabeça dele com minha bolsa.
— Não, a não ser que você tenha me passado!
— Nem pensar.

— Então tenta adivinhar de novo.
— Não sou bom em jogos de adivinhações.
— Ah, tudo bem — falei, abrindo a bolsa. Saquei uma cartela de pílulas e a estendi para que Michael as examinasse.
De início, ele não pareceu entender, mas então um sorriso começou a surgir lentamente em seu rosto e ele disse:
— É a pílula anticoncepcional?
— Exatamente.
— Você está tomando pílula?
— Sim!
— Desde quando?
— Eu peguei no dia que você ficou doente.
— Mas onde... como...
— Fui à uma clínica em Nova York.
— Você é cheia de surpresas, não é?
— Bom, faz sentido, não faz?
— Ah, faz... faz muito sentido.
Eu tinha prometido aos meus pais que a gente voltaria cedo já que, segundo eles, eu ainda estava me recuperando da gripe. Eles tinham convidado amigos para jantar e todo mundo ainda estava lá quando voltamos, então Michael e eu não tivemos oportunidade de ficarmos sozinhos. Nós nos despedimos com um beijo de boa noite na varanda.
— A Sharon e o Ike estão viajando nesse final de semana? — perguntei.
— Não...
— Ah, que pena. — Passei os braços ao redor da cintura de Michael e olhei para ele.

— Não se preocupa — disse ele. — Vou pensar em algo.

— Na sua casa, não — argumentei na noite seguinte quando ele me ligou. — Eu não poderia...

— Por que não? Meus pais não chegam antes da meia-noite.

Conferi o relógio. Eram sete e meia.

— Não sei... — falei. — Eu fico sem jeito de ir para a sua casa.

— Olha — continuou ele —, a gente não precisa fazer nada... a gente pode só vir pra cá e conversar.

— Acho que já ouvi isso antes!

A casa de Michael é de tijolos vermelhos com venezianas brancas. Fica perto da empresa onde o pai dele trabalha. Assim que ele abriu a porta da frente, Tasha pulou em cima de mim.

— Oi, Tasha... — Eu fiz carinho na cabeça dela.

— Senta — disse Michael, e Tasha obedeceu. — Vamos lá...

Ele pegou minha mão e me mostrou a casa. Tudo estava muito arrumado. A mobília deles era grande, pesada e escura, e as cortinas estavam fechadas nas salas de estar e jantar.

A cozinha era mais iluminada, com papel de parede amarelo e plantas penduradas. Um bilhete estava preso na geladeira com um ímã de flor. Dizia: M — *sopa na geladeira. Esquenta, não ferve.*

— Quer ver o meu quarto? — perguntou Michael.

— Já que estou aqui, não vejo problema. — Eu ri.

Ele me guiou escada acima, depois por um longo corredor, para um quarto com estantes bagunçadas e uma cama desarrumada.

— Desculpa — disse ele. — Eu deveria arrumar a cama todos os dias, mas às vezes eu me esqueço.

— Como uma pessoa se esquece de fazer a própria cama?

— É fácil.

Ele ligou uma música enquanto eu andava pelo quarto, inspecionando tudo que tinha nas estantes. Ele tinha muitos livros, algumas flâmulas de times, uma foto de um chimpanzé usando calças jeans (*a família dele deve gostar muito de macacos*, pensei) e um desenho mostrando um garotinho brincando com uma sopa de letrinhas e escrevendo f-o-d-a. Eu peguei um troféu de acampamento.

— Parabéns — falei. — *Nadador que mais evoluiu...* uau!

— Sim... Foi no ano em que eu me tornei corajoso o suficiente para pular na parte mais funda. — Nós dois rimos enquanto Tasha se aninhava num canto, sob uma cadeira.

— Posso olhar o seu closet? — perguntei.

— Claro, fica à vontade — Michael disse, e começou a arrumar a cama.

Abri a porta do closet. O chão estava lotado de sapatos, equipamentos esportivos e pilhas que pareciam ser de roupa suja.

— Encontrou o que estava procurando? — perguntou ele.

— Não estou procurando nada em especial. Quero ver tudo… Quero conhecer você de todos os ângulos. Até agora, só descobri que você é bagunceiro.

— Só com algumas coisas — disse ele.

Abri uma porta que achei que daria para um segundo closet, mas era um banheiro. Havia toalhas atiradas por todos os lados, que Michael juntou às pressas e largou no cesto de roupa suja.

— Meu Deus… — falei, olhando o armário do banheiro —, você usa mais porcaria do que eu. — Havia três tipos de desodorantes, dois shampoos, um tipo de creme para pé de atleta, sabonetes para acne, cremes de pele com remédio, um monte de remédios diferentes, e ao menos seis tipos diferentes de loções pós-barba. — Não me surpreende que você sempre tenha um cheiro diferente.

— Escolhe a sua favorita, e eu jogo o resto todo fora.

— Não sei a diferença entre elas — falei, alinhando-as na bancada. Tirei todas as tampas e comecei a cheirar. — Gosto dessa. — Levantei uma garrafa de loção verde chamada Moustache.

— Claro que gosta… essa é a mais cara de todas.

— Hmmm… — falei, cheirando de novo. — Tenho bom gosto.

Ele pegou a garrafa e passou um pouco de produto no rosto.

— Você já chegou a passar essas coisas nas bolas? — perguntei.

— Eu não raspo as bolas — disse ele.

— Li isso num livro, um cara passava loção pós-barba nas bolas antes de sair com a namorada.

— Bom, talvez eu fizesse isso também... se eu achasse que alguém fosse cheirar elas.

— Quem você teria em mente?

— Ah, eu não sei, qualquer pessoa. — Ele colocou a garrafinha em cima do vaso e abriu os jeans.

— O que você está fazendo?

— Vou testar agora... para estar preparado... por via das dúvidas. — Ele deixou as calças jeans no chão, então tirou as cuecas. — Na verdade, por que você não passa pra mim?

— Eu...?

— A ideia foi sua, para começo de conversa.

Era engraçado ver Michael exposto da cintura para baixo, porque sempre estava escuro quando a gente transava. Eu já tinha o tocado muito, mas nunca olhado com atenção.

Ele notou, porque disse:

— Você quer me conhecer de todos os ângulos, não quer?

Então eu olhei. O pelo dele lá embaixo era quase da mesma cor que o cabelo, só que mais crespo. O meu é mais escuro, muito mais escuro do que meu cabelo.

— Olá, Ralph... — falei, ajoelhando na frente de Michael.

Ralph encolhido e macio, só pendurado ali. Passei um pouco da loção Moustache na palma da mão, mas quando me aproximei de Michael, ele pegou minha mão e disse:
— Não, isso arde...
— Como você sabe?
— Eu sei...
— Mas você disse... — Ele não me deixou terminar.
Ele se ajoelhou também, e conforme nos beijamos, Ralph foi ficando maior e mais duro. Eu me despi enquanto Michael olhava. Ralph apontava bem para a frente, como se estivesse assistindo também. Nós fizemos amor no tapete do banheiro, mas bem quando eu estava ficando com tesão, Michael gozou. Eu me perguntei se algum dia daria certo entre nós.
— Desculpa — disse ele. — Eu não consegui segurar... faz algumas semanas.
— Não tem problema.
Nós subimos na cama dele e cochilamos por uma hora. Quando acordamos, Ralph estava duro de novo. Dessa vez, Michael fez durar muito mais tempo, e fiquei com tanto tesão que agarrei as costas dele com as mãos, tentando empurrá-lo mais e mais fundo para dentro de mim, e abri as pernas o máximo que podia, e ergui os quadris da cama, e me mexi com ele, de novo e de novo e de novo, até que, enfim, eu gozei. Gozei logo antes de Michael e, quando consegui, fiz barulhos, iguais à minha mãe. Michael também.
Enquanto ele ainda estava em cima de mim, recuperando o fôlego, eu comecei a rir.

— Eu gozei — falei. — Gozei de verdade.
— Eu sei. Eu senti... é isso que é tão engraçado?
— Não sei por que estou rindo.
— Você gostou, Kath?
— Que pergunta... Eu me senti tão próxima de você, nunca me senti tão próxima de você antes.
— Eu também.
— A gente pode fazer de novo? — perguntei.
— Agora não... Preciso descansar um minutinho.
— Ah. Michael?
— Sim?
— Como é que o Ralph recebeu esse nome?

Ele olhou para mim e sorriu.

— Eu dei o nome só para você.

Tasha pulou para cima da cama e se aninhou do lado do Michael. Eu tinha me esquecido de que ela estava no quarto com a gente. Michael fez carinho nela por alguns minutos, então me enlaçou com os braços e pegou no sono de novo. Eu o observei. Eu amo observá-lo dormir. Além de tudo que já temos, ele agora é meu melhor amigo de verdade. É um tipo de amizade diferente da que tenho com Erica. Eu tenho vontade de compartilhar todos os dias com ele, para sempre.

Depois de meia hora, eu o chacoalhei de leve.

— São dez e meia — falei.
— Hmm... É melhor a gente sair, então.
— Estou morta de fome.
— Eu também.
— Preciso de um banho.
— Quer companhia?

— Seria divertido... tem certeza de que temos tempo suficiente?

— Se a gente for logo.

Nós entramos no banheiro, e Michael pegou toalhas limpas para nós dois e ajustou a água no chuveiro em cima da banheira.

— Você sempre usa o seu colar no banho? — perguntou ele.

— É claro — falei. — Eu nunca tiro.

Ele ensaboou minhas costas. Então eu ensaboei as dele.

Nós nos secamos e usamos um dos desodorantes dele. Ele passou Moustache no rosto, então nós nos vestimos e saímos para comer alguma coisa.

Enquanto comíamos hambúrgueres, eu perguntei:

— E aí, qual é a sensação de transar com uma mulher mais velha? — Ele me lançou um olhar confuso, então acrescentei: — Tenho dezoito anos agora, lembra? Mas você só faz aniversário mês que vem.

Ele terminou sua Coca-Cola.

— Tenho muitos elogios a fazer a respeito de mulheres mais velhas.

No caminho de volta para casa, falei:

— Eu queria conhecer os seus pais.

— Você vai... um dia desses.

— Como eles são?

— Eles são legais... um pouco mais controladores do que os seus, mas são gente boa.

— O que eles diriam se soubessem de nós?

— Minha mãe pensaria que você me seduziu... e meu pai diria que eu tenho bom gosto.

— Ah, você não presta!

Quando chegamos na minha casa, nós ficamos sentados na salinha por uma hora — do contrário, meus pais teriam suspeitado. Pensei como seria bom se nós pudéssemos simplesmente ir para o andar de cima, para a cama, juntos. Eu esperava que a gente pudesse transar de novo, mas Michael disse que estava meio exausto. Provavelmente porque estava se recuperando da gripe.

17

Jamie está apaixonada. Ele se chama David e está na turma de matemática dela. Ela diz que ele se parece muito com Michael. Eles decidiram fingir que se odeiam em público, para ninguém adivinhar a verdade e fazer piada com eles. Quando ouço isso, fico aliviada por não ter mais treze anos. David tem ligado para Jamie todas as noites, deixando a linha ocupada por séculos, e fica mais difícil para o Michael conseguir falar comigo. Então meus pais limitaram nossas duas ligações a quinze minutos para cada uma.

Neste verão, Jamie vai voltar a acampar em Nova Hampshire. Ela diz que mal pode esperar. Ela não parece se importar de não ver David por sete semanas, o que prova que o amor aos treze anos é bem diferente do amor aos dezoito.

Não sei o que vou fazer no verão. Eu andei procurando empregos, mas até agora, não tive sorte. A sra. Handelsman diz que eu não deveria me preocupar, que algo vai surgir até junho. Mas já estamos no meio de abril e estou preocupada. Michael também está. Ele não encontrou nenhum trabalho também, e está contando com um bom salário de verão para ajudar com os gastos do ano que vem na faculdade.

Na segunda-feira de manhã, Erica estava esperando do lado de fora da sala onde estava meu grupo de tutoria.

— Consegui o emprego no *The Leader* — disse. *The Leader* é o jornal semanal de Westfield. Tinha pelo menos umas cem pessoas que queriam aquela vaga.

— Você tem muita sorte — respondi. — Eu queria encontrar algo legal assim.

Na terça-feira de manhã, ela estava me esperando de novo.

— Sybil está grávida — disse ela, passando livros de um braço para o outro. — Descobri noite passada.

— Ah, não...

— E ela não sabe quem é o pai.

— Ah, nossa...

— E já passou tempo demais para fazer um aborto... o bebê está previsto para nascer no começo de julho.

Contei nos dedos.

— Isso quer dizer que ela engravidou em outubro...

— Pois é... e nunca sequer perdeu um dia de aula.

— Nossa, por que ela não disse nada?

— Ela queria ter o bebê, e sabia que se os pais descobrissem, eles a obrigariam a fazer um aborto.

— Quer dizer que não notaram?

— Ela engordou muito, sabe... então só continuou usando aqueles vestidos que parecem umas tendas e ninguém descobriu...

— Ela não foi no médico?
— Foi, mas ela disse que era casada e passou um nome e endereço falsos...
— O que ela vai fazer com um bebê?
— Ah, ela sabe que não pode cuidar da criança. Ela vai colocar para adoção assim que nascer.
— Então por que ela quis ter o bebê pra começo de conversa?
— Ela me disse que é pela experiência.
— Ela vai conseguir se formar?
— Acho que sim... ninguém sabe disso tudo além dos meus tios, meus pais e eu. E ela só chegou a contar porque eles queriam mandar ela para a Universidade de Duke durante o verão... para uma clínica para perder peso.
Balancei a cabeça.
— Não acredito.
— Eu sei... eu também não.
— Eu abortaria... e você?
— Na mesma hora. Minha mãe está tão preocupada com essa história da Sybil que ela marcou uma consulta pra mim com um ginecologista. Ela quer que eu tome a pílula. Eu falei para ela: "Relaxa, mãe, eu ainda sou virgem." Mas ela disse que se sentiria melhor se soubesse que eu estava pronta para a faculdade, de todas as formas possíveis.
— Você vai tomar?
— Claro. Eu gosto da ideia de estar pronta para tudo... e talvez até vá ajudar o Artie, deixar ele mais seguro.

A última quinta-feira de abril é o Dia das Carreiras na nossa escola. Neste ano, eu era a acompanhante da Sharon e de minha avó, então eu pude almoçar na cafeteria da sala dos professores. A comida não era nada melhor lá. Vovó e Sharon se deram muito bem, trocando histórias de trabalho.

Depois do almoço, houve uma reunião especial e todos os convidados deram palestras curtas sobre suas carreiras. Então, a plateia se dividiu em grupos e pôde conversar um pouco mais com três palestrantes que escolhessem. Tanto vovó quanto Sharon foram das palestrantes mais populares e tinham salas cheias em todas as três sessões.

No final do dia, a sra. Handelsman não sabia como me agradecer. Nós fomos andando de volta para o escritório dela.

— Eu achei que você fosse vir falar comigo sobre aquelas três outras faculdades. O que aconteceu?

— Meus pais não me deram permissão — respondi.

Ela tocou meu ombro.

— Tenho certeza de que vai dar tudo certo.

— Espero que sim.

Não contei a ela que Michael e eu temos outro plano. Já que ambas as universidades de Vermont e de Middlebury funcionam em um sistema trimestral, ele vai tirar o inverno de folga e trabalhar como instrutor de esqui no Colorado. Ele vai compensar os créditos perdidos no verão e, dessa forma, ainda poderá se formar em quatro anos, e nós poderemos passar todos os finais de semana juntos por todo o inverno. Michael já escreveu para Vail, Aspen e Steamboat Springs, passando suas qualificações.

— Você vai ser aceita... não se preocupe.

Então, no Dia das Carreiras, eu não estava com cabeça para me concentrar em Sharon ou vovó ou qualquer um dos palestrantes. Tinha só uma coisa em que eu conseguia pensar: as aprovações para universidades, que deveriam chegar pelo correio a qualquer momento.

Dois dias depois, elas chegaram e eu fui rejeitada em Michigan, mas aceita em Penn State e Denver. Michael foi aprovado na Universidade de Vermont, mas não em Middlebury. Uma semana depois que recebemos nossas cartas de aceitação, Erica foi aceita em Radcliffe.

— Eu realmente não estou surpresa — disse ela, quando liguei para parabenizar. — Você soube da Sybil?

— Não... o que houve agora?

— Ela foi aceita em Smith, Wellesley, Holyoke e Stanford... todos os lugares em que ela se candidatou. Ela não contou que estava grávida.

— Nossa, ela é demais... E o Artie? — perguntei. — Alguma novidade?

— Até agora, ele está na lista de espera em Temple, mas só isso.

— Talvez, se ele não for aceito em nenhum outro lugar, o pai dele mude de ideia e deixe-o ir pra American Academy.

— Foi o que eu falei, mas Artie não acredita muito nessa possibilidade.

* * *

Escrevi para Denver na hora, aceitando, mesmo que meus pais sentissem que eu deveria esperar mais algumas semanas e pensar a respeito, já que Denver é tão longe. Então eu expliquei para eles do plano de Michael. Eles não ficaram muito contentes.

18

Quando o clima começa a esquentar, nós comemos salada no jantar uma vez por semana: de atum, ovos cozidos, queijo e vegetais crus, e em geral nas quartas-feiras, porque esse é o dia em que minha mãe trabalha até mais tarde na biblioteca.

Eu estava cortando uma fatia de queijo quando meu pai disse:

— O que você acharia de jogar tênis o verão inteiro e ser paga para isso?

— Tá brincando? Eu adoraria — respondi, enfiando o queijo na boca.

Ele sorriu.

— É isso que eu queria ouvir.

— Você tá falando sério? — perguntei. — O clube de tênis está procurando alguém?

— Não... mas Foxy está.

— Foxy?

— Sam Fox... o diretor do acampamento de Jamie — explicou papai. — Eu falei com ele hoje de manhã... Ele construiu três quadras novas, para todo tipo de clima... e ele precisa de um assistente para o professor de tênis. O garoto que ele contratou está com hepatite.

— Não posso ir para o acampamento da Jamie — falei, espetando uma gema de ovo.

— Ele vai pagar trezentos e cinquenta dólares — papai disse.

— Não ligo se ele pagar três mil... Não vou para Nova Hampshire.

Meus pais trocaram olhares.

— Está fora de questão — continuei, com uma dificuldade súbita de espetar o ovo.

— Eu falei para o Foxy que tinha certeza de que você se interessaria pelo emprego...

— Bom, você pode dizer a ele que se enganou!

— Podem me dar licença? — Jamie perguntou.

— Pode ir — disse minha mãe. Quando Jamie saiu, ela se virou para mim. — Seu pai teve muito trabalho para encontrar um bom emprego para você.

— E quem pediu para ele fazer isso?

Minha mãe baixou a faca e o garfo.

— Não posso dizer que estou gostando muito da sua atitude.

Tentei conter as lágrimas.

— Vocês acham que sou idiota... vocês acham que não vou perceber o que estão tentando fazer...

— Isso não tem nada a ver com Michael — disse meu pai.

— Não mintam, por favor!

— Certo — disse minha mãe. — Nós dois achamos que uma mudança de ares te faria bem...

— Uma mudança de ares! Vocês esqueceram que eu vou para Denver... Vocês sabem que Michael e eu só temos até setembro.

— O acampamento dura só sete semanas — disse meu pai.

— Só sete semanas!

— Pode parar de repetir tudo o que eu digo? — papai gritou.

— Sete semanas pode não ser muito pra vocês, mas para mim é uma eternidade!

— Vamos tentar discutir isso racionalmente — disse minha mãe.

Meu pai baixou a voz.

— Olha, Kath... Eu já falei para o Foxy que estava combinado... que você aceitaria o emprego.

— Você falou para ele? Que direito você tem de responder por mim? Não sou mais uma criança... Tenho dezoito anos... — Eu não ligava mais para o fato de que estava chorando. Limpei o nariz e olhos com um guardanapo de pano.

— No verão passado você disse que adoraria ser uma assistente no acampamento da Jamie — lembrou mamãe.

— Isso foi no verão passado... as coisas mudaram!

— Eu gostaria que você pensasse um pouco a respeito — pediu papai.

— Eu já pensei... e me decidi, então você pode ligar pro Foxy e dizer para ele encontrar outra pessoa.

Larguei o meu guardanapo e me levantei.

— Não — disse meu pai.

Foi então que entendi que ele também estava decidido. Entendi a coisa toda, de repente.

— Deixa eu ver se entendi — falei, muito devagar. — Você está me dizendo que eu não tenho escolha... é isso?

— É isso — disse meu pai.

— Mãe... — comecei.

— Acho que você deveria tentar um pouco — disse ela.

— O que isso quer dizer? Uma hora, um dia, uma semana...

— Acho que você deveria ficar o verão todo.

— Não posso acreditar — falei. — Sempre achei que você era muito justa... que vocês dois eram... mas dá pra ver que eu estava errada... bem errada...

— Entendo que você pode achar isso agora, Kath... — disse mamãe.

Ergui uma das mãos.

— Não me enche com essa bobagem de como vou ficar grata por isso quando for mais velha...

— Eu não ia... — rebateu ela, mas não fiquei à mesa para ouvir o que ela ia dizer. Saí correndo da cozinha e para o andar de cima, para meu quarto.

Eu já tinha chorado até não poder mais quando Jamie bateu na minha porta mais tarde.

— Não acho que eles deveriam obrigar você a ir — disse ela.

— Você disse isso pra eles?

— Sim.

— E?

— Eles falaram para eu não me meter nisso.

— Eu poderia muito bem ir embora… Eu me pergunto se eles já pensaram nisso… Eu poderia simplesmente fazer uma mala e dar o fora…

— Mas você não vai fazer isso, vai? — Jamie perguntou. Ela parecia muito preocupada.

Eu rolei na minha cama e suspirei.

— Não, acho que não…

É estranho, mas no fim das contas, eu continuo firme, mesmo quando tenho certeza de que vou desmoronar.

— Que bom — disse Jamie.

Nós não discutimos a situação em casa no dia seguinte ou no dia depois, mas ficou implícito que eu aceitaria o emprego no acampamento.

E agora eu tinha que contar para o Michael.

Pensei em esperar o aniversário dele. Faltava só uma semana. Abri a última gaveta da minha cômoda e saquei o presente que tinha comprado para ele: um suéter azul-esverdeado de qualidade, exatamente da cor dos olhos dele. Eu tinha devolvido outros dois antes de encontrar este. O primeiro que comprei parecia grande demais quando cheguei em casa e o segundo pinicava quando provei. Este era perfeito. Eu tirei a tampa da caixa e aproximei o suéter no rosto. Tinha cheiro de novo. Mas será que era justo esperar até o aniversário dele… seria honesto? Não… Eu precisava contar para ele o quanto antes.

Quando contei para Erica sobre os meus pais e o emprego de verão em Nova Hampshire, ela cancelou os planos de passar o final de semana na praia com a família e me convidou para a casa dela. Eu agradeci a ela por entender, e Erica disse: "É pra isso que servem os amigos... lembra?"

— Por que, em vez disso, você não convida a Erica para ficar conosco? — perguntou mamãe, quando falei que ia fazer companhia para ela enquanto seus pais viajavam.

— Não... Eu prefiro ir para lá.

No sábado à noite, Michael e Artie foram jantar na casa da Erica. Nós preparamos salsicha e feijão, um pacote inteiro de espinafre para o Michael e um queijo-quente para mim. O cachorro da Erica, Rex, se sentou sob a mesa e ela foi passando para ele os restos do prato dela. Nós duas tomamos cuidado de não trazer o assunto do verão à tona. Artie estava de bom humor, divertindo todo mundo com histórias de família até eu trazer o cupcake com uma velinha em cima e pousá-lo na frente de Michael. Eu cantei *Parabéns pra você*, apesar de seu aniversário ser só na quinta-feira seguinte. Ele ficou surpreso e contente e me fez ajudá-lo a soprar a vela, e foi aí que Artie ficou muito melancólico.

— Dezoito anos... — disse ele. — Um quarto de nossas vidas já se foi, acabado... puf... simples assim... — Ele estalou os dedos. — De agora em diante, é ladeira abaixo...

— Não, não é — falei. — É só o começo... A melhor parte ainda está por vir...

Artie disse:

— Claro... Você passa a vida toda tentando ter sucesso e pra quê? Pra poder acabar numa ala de pacientes de câncer, cheio de agulhas e tubos, com todo mundo cagando e andando pra você... é isso que você tem pela frente... é isso que aguarda todos nós...

Erica tocou o braço dele.

— Você tem que desfrutar de tudo o que puder e esquecer o resto.

— Mas as chances estão contra nós.

— Por favor, Artie... — falei. — Não estraga a noite.

— Caramba, não vou estragar a noite.

— Bom. — Erica saltou para limpar os pratos. — Que tal uma partida de Palavras Cruzadas podendo usar palavrões?

— Acho uma boa ideia — disse Michael.

— Por que não? — Artie se rendeu. — Vamos curtir enquanto podemos.

Ele deixou o mau humor de lado e jogamos uma partida emocionante, depois Michael e eu fomos para o quarto de visitas e Erica e Artie foram para o andar de cima, com Rex atrás deles.

Michael passou bastante tempo me preparando, ou pelo menos foi o que pareceu, e deu muito certo. Nós não apagávamos mais as luzes totalmente. É muito melhor poder se ver ao transar. Depois, enquanto descansávamos, tentei pensar em como contar a ele sobre o verão. Enfim, decidi que não tinha uma forma fácil, e falei:

— Michael... tem uma coisa que eu preciso te contar.
— Hmm... — disse ele, brincando com o meu cabelo.
— Está me ouvindo?
— Hmm... — Os olhos dele ainda estavam fechados.
— É sobre o verão... — Esperei alguma reação dele.
— Escuta, meus pais... eles arranjaram... — Eu me sentei na cama. — Ai, Deus... Eu não sei como te contar...
Ele abriu os olhos e se sentou na cama também.
— Só me fala, Kath. Seja lá o que for... só me fala.
— Tenho que ir pra Nova Hampshire por sete semanas. Meu pai me arranjou esse emprego no acampamento da Jamie. Eles precisavam de uma assistente para o professor de tênis... Eu falei que não queria ir, falei para eles esquecerem... mas eles disseram que eu não tenho escolha. Estão me forçando a ir, Michael... mas eu imagino que você possa ir de carro até lá pelo menos uma vez, talvez duas vezes, porque tenho certeza de que vou ter alguma folga... e... — Olhei para ele. — Sei o que está pensando — falei. — Que eu tenho dezoito anos e que eu deveria ser mais independente, que deveria ter sido inflexível... mas, eu não sei... — Parei por um minuto. — Fala alguma coisa, por favor.
— Eu também consegui um emprego... na Carolina do Norte.
— Ah, não acredito...
— É verdade. Meu tio tem uma madeireira lá, e ele me ofereceu um emprego durante o verão... o dinheiro é bom, e não terei nenhum gasto. Eu vou ficar com eles.
Ele estava falando sério. Ele realmente ia para a Carolina do Norte.

— Há quanto tempo você sabe disso?
— Umas três semanas.
Eu respirei fundo.
— Quando você ia me contar?
— Hoje.
— Ah, até parece...
— Eu ia...
— Você espera que eu acredite nisso?
— É verdade.
— Aposto que sim...
— Olha, eu não queria te contar antes porque estava esperando que outra coisa fosse aparecer, algum emprego melhor por aqui... e, além disso, eu não queria pensar em encarar o verão sem você... Se você não acredita em mim, pode perguntar para o Artie. Ele sabia que eu ia te contar hoje...
— Você não deveria ter esperado... isso não foi honesto da sua parte.
— Tá bem, então talvez eu tenha errado. Desculpa se eu...
— De quem foi a ideia... de ir para a Carolina do Norte?
— De quem você acha?
— Dos seus pais?
— Na mosca.
— A ideia do meu trabalho foi dos meus pais também.
— Então eles vão descobrir que nos separar não vai mudar nada entre nós... então quem sabe nos deixem em paz.

Balancei a cabeça em resposta.

— Vem cá, Kath...

Eu me inclinei e o beijei.

— Nós ainda vamos ter junho inteiro — falei.

— Eu sei... e agora vamos aproveitar ao máximo.

— Começando agora? — perguntei, beijando-o de novo.

— Começando agora...

Mas Ralph não ficava duro. Mesmo quando eu o peguei, nada aconteceu.

— O que houve? — perguntei.

— Eu não sei! — Michael virou de costas para mim.

— Merda... só faltava essa...

— Não se preocupa — falei. — Provavelmente, não é nada. — Acariciei suas costas de cima a baixo. — Relaxa... não importa.

Ele rolou na cama, mas Ralph continuou pequeno e mole. Michael empurrou minha mão.

— Deixa pra lá, por favor... não está vendo que não vai funcionar de novo esta noite?

— Tá bem... — falei. — Vamos deixar pra lá.

Nós nos vestimos lado a lado, sem falar ou rir como normalmente fazemos. Eu tirei a roupa de cama e coloquei os lençóis dentro da fronha.

Erica e Artie estavam sentados na sala de estar, esperando a gente.

— Pronto para ir? — Michael perguntou a Artie.

— Pronto.

— Vamos lá, então.

Erica ficou sentada na poltrona, o olhar fixo à frente. Ela e Artie não se desejaram boa noite.

— Eu te ligo — disse Michael, sem nosso beijo de despedida de costume.

— Certo — falei.

Eu o acompanhei até a entrada e quando ele e Artie estavam na rua, eu vi Michael jogar as chaves do carro para ele.

— Espero que você não se importe em dirigir, porque estou com uma dor de cabeça gigantesca.

— Toma duas aspirinas — gritei, mas ele não me ouviu.

Fechei a porta e subi as escadas. Erica estava na cama, chorando.

— O que aconteceu? — perguntei. Eu nunca a havia visto chorar. Rex tentava lamber seu rosto.

— Tudo... Eu simplesmente não aguento mais.

— Mas, Erica...

— Eu já dei cinco meses da minha vida para ele! E eu não posso ajudar o Artie, Kath... não adianta... Hoje foi o fim... Não vou ver mais ele.

— Calma... — falei. — Você só está chateada. Tudo vai parecer melhor amanhã.

Isso só fez com que Erica chorasse mais. Eu peguei uma caixa de lenços e me sentei ao lado dela.

— Ele se trancou no meu banheiro e ameaçou se matar, e eu fiquei com medo de que ele estivesse falando sério... Eu fiquei com tanto medo... Então corri para o andar de baixo para chamar você e o Michael, só que quando eu ia bater na porta, ouvi vocês... — Ela estava soluçando mais e mais forte.

— Por favor, tenta se acalmar, Erica... Isso não está te ajudando.

— Então — continuou ela — quando voltei para o meu quarto... lá estava ele, sentado na cama, totalmente vestido, como se nada tivesse acontecido, e nenhum de nós disse nada por um tempão. E aí eu falei pra ele que não queria mais ver ele. E Artie olhou pra mim e disse: *Eu entendo, Erica... você foi muito paciente e com certeza eu não te culpo...* como se ele estivesse interpretando um papel em uma peça.

— Vocês vão mudar de ideia — falei. — Você vai ver.

— Não, acabou... Você não entende... acabou de vez... e, de certa forma, estou até feliz.

19

Na quinta-feira de manhã, no aniversário de Michael, Artie se enforcou da barra da cortina do seu chuveiro. Por sorte, a barra quebrou e ele caiu na banheira, terminando com uma concussão e uma variedade de cortes e machucados. Ele foi atendido no Hospital Overlook, e, então transferido para a Clínica Carrier, um hospital psiquiátrico particular próximo a Princeton.

Tanto Michael quanto Erica se culparam. Nenhum dos dois acreditou em mim quando falei que talvez isso fosse a melhor coisa que poderia ter acontecido, porque agora, pelo menos, Artie ia conseguir a ajuda profissional que ele vinha precisando.

Michael disse que deveria tê-lo escutado no sábado à noite, quando Artie estava dirigindo para casa.

— Ele queria conversar... Eu sabia, mas não me importei... Eu estava tão envolvido com meus próprios problemas que fingi dormir o caminho todo até a minha casa. Eu queria poder voltar no tempo... Eu ouviria dessa vez.

Erica estava convencida de que era tudo culpa dela. Na quarta-feira de tarde, quando ela chegou da escola, Artie tinha estacionado na frente da casa dela, e estava esperando. Erica dissera que tinha falado sério no sábado, e mesmo que ainda gostasse e sempre fosse gostar dele como pessoa, eles tinham terminado e ela não queria que ele a visitasse mais.

— Eu não deveria ter terminado assim — disse ela.

— Deveria ter esperado...

Nós não estávamos com humor para comemorações, mas eu dei o presente de aniversário de Michael de qualquer forma. No cartão, escrevi: *Para te aquecer no inverno que vem... até a gente poder estar junto.* E assinei: *Para sempre, Kath.*

— É perfeito — disse ele. — Vou usar todos os dias.

Na noite seguinte, Michael e Erica ficaram bêbados. Nós três fomos ao The Playground, um bar de drinques na Rota 22. Nós mostramos as nossas identidades novas para o bartender e pedimos uma rodada de suco de laranja com vodca. Mas, mesmo com a identidade da Erica, o bartender se recusou a servi-la até ela mostrar a carteira de motorista e a certidão de nascimento, que ela sempre carrega na bolsa.

Michael e Erica botaram as bebidas para dentro e pediram uma segunda rodada enquanto eu bebericava o meu primeiro drinque devagar, do jeito que meu pai dizia que eu devia fazer. Depois disso, continuei só com um refrigerante de gengibre. Em menos de duas horas, Michael e Erica tomaram mais três bebidas cada um e estavam agindo que nem dois idiotas, cantando músicas da escola e rindo histericamente. Finalmente, eu ameacei ir embora e dirigir sozinha, se eles não viessem comigo naquele exato momento.

Levá-los até o carro foi outra história. Nenhum dos dois conseguia andar direito e, se não fosse por um cara muito gentil que ofereceu ajuda, a gente ainda estaria lá. Erica vomitou primeiro, no estacionamento. Quando ela terminou, nós a colocamos no banco de trás do carro, onde Michael estava apoiado na porta. Eu agradeci meu novo amigo e me despedi.

— Boa sorte — disse ele. Eu acenei e dei a partida.

Depois de alguns quilômetros na autoestrada, Michael se inclinou e vomitou por cima de Erica, mas ela estava tão apagada que nem notou.

Eu levei os dois para minha casa, já que eu não sabia o que mais eu poderia fazer. Minha mãe e meu pai foram muito generosos em ajudá-los, porque a verdade é que os dois estavam com uma cara e um cheiro pavoroso. Mamãe colocou Erica no chuveiro enquanto meu pai lavava Michael e o carro com uma mangueira. Eu passei um café.

Eu tinha sido muito fria com meus pais desde a situação do acampamento, mas vê-los ajudar meus amigos, sabendo que eles não se importavam de fazer isso, fez com que eu ficasse feliz por não ter feito algo idiota.

Papai ligou para os Wagner e os Small e explicou a situação para eles. Nós colocamos Michael na cama na salinha, e Erica na cama no meu quarto. Então eu fui para o banheiro, me sentei no vaso e chorei.

20

Junho, o mês que todos os alunos do último ano mal podem esperar: o fim de uma vida e o início de outra. Eu li isso um dia, na capa de um livro. E, de certa forma, é verdade. Eu estaria mentindo se dissesse que esse humor geral não me contaminou.

Ontem, fiz algo que nunca tinha feito antes. Matei todas as aulas da tarde. Michael me buscou logo depois do almoço. Seus pais tinham ido para Stratford ver o Festival de Shakespeare. Passamos o resto do dia na cama dele, não tivemos nenhuma dificuldade com Ralph dessa vez e eu pude notar que Michael estava aliviado. Eu também estava. Por alguma razão, eu pensava que a culpa poderia ter sido minha...

Nós não fomos para o baile de Michael nem para o meu. Nós tínhamos falado em ir para um dos dois, com Artie e Erica, mas agora não parecia certo. Os pais de Artie disseram a Michael que não existia a menor chance de Artie estar em casa a tempo para a formatura. Eles pediram para que nós escrevêssemos bilhetes curtos e animadores para Artie, mas sem esperar resposta.

✳ ✳ ✳

Jamie assou um bolo especial para o aniversário de quarenta anos de mamãe. Nós escondemos as camadas no freezer do andar de baixo e descongelamos pela manhã, para que estivessem prontas para decorar quando voltássemos da escola. As flores de glacê de Jamie são melhores do que as de qualquer confeitaria. Nós também dividimos o valor e compramos para ela uma grande planta linda que parece um tipo de palmeira. Eu dirigi até a estufa para buscá-la enquanto Jamie fazia os retoques finais no bolo. Acho que, de agora em diante, eu vou me sentir desconfortável com celebrações de aniversário, mas, enquanto ajudava Jamie a se arrumar para a festa de mamãe, tentei pensar apenas em coisas felizes.

Meus avós mandaram quarenta rosas-chá amarelas, o suficiente para lotar cada vaso na casa, além de um cheque. Nós comemos um jantar muito bom, e mamãe ficou com os olhos cheios de água quando Jamie e eu trouxemos o bolo da cozinha, cantando *Parabéns pra você*. Então, nós demos a planta para ela. Ela amou.

O presente oficial de papai era uma pulseira prateada grossa que ela tinha escolhido no México, mas ele lhe deu um embrulho surpresa também: um biquíni cor-de-rosa e laranja. Ela riu quando viu, deu um beijo no papai, e falou que era ótimo ter quarenta anos, que soava apavorante, mas que ela se sentia excelente. Eu queria que Artie estivesse ali para ouvi-la.

Mais tarde, mamãe provou o biquíni novo e desfilou com ele para nós. Quando ela entrou no quarto, disse:

— Fala a verdade, Kath... as minhas coxas estão flácidas?

— Não... claro que não.

— Então o que é isso? — perguntou ela, apertando um pouco de carne.

Não me apressei em dizer que não era flacidez. Em vez disso lhe disse:

— Posso te ensinar uns exercícios pra se livrar disso.

— Eu talvez aceite essa oferta — disse ela. — E Kath... Obrigada pelo aniversário maravilhoso.

— Disponha — respondi.

O telefone tocou naquela noite, às onze e meia. Nós nunca recebemos ligações tão tarde, porque todo mundo sabe que meus pais dormem cedo. Ouvi meu pai atender e dizer:

— Só um minuto... deixa eu ver...

Ele foi à minha porta.

— Está acordada? — perguntou.

— Mais ou menos, quem é?

— Erica.

— Tarde assim?

— Ela disse que é importante.

— Tá bom, vou atender lá embaixo.

Atendi o telefone na cozinha e bocejei.

— Alô...

— Sybil teve uma menina!

Eu despertei imediatamente.

— Ela teve? Quando?

— Agorinha... A mãe dela acabou de ligar... três quilos e trinta gramas.

— Mas ainda estamos no meio de junho.

— Eu sei, ela nasceu duas semanas adiantada.

— Ela está bem?

— Está... e o bebê também.

— Fico contente.

— Eu também... te vejo amanhã.

Erica e eu fomos visitar Sybil no hospital, e em vez de ir diretamente ao quarto dela, nós paramos no berçário antes. Os bebês ficam ali duas vezes por dia, durante o horário de visita da tarde e da noite. As pessoas podem olhá-los por uma janela de vidro. A bebê da Sybil tinha a cabeça coberta por muito cabelo escuro e estava dormindo profundamente.

— O que achou? — Erica perguntou.

— Ela é muito pequena.

— Todos são.

— É... Acho que você tem razão.

— Você acha que ela se parece com a Sybil?

— Não sei, eles não estão no melhor momento até fazerem uns meses de idade.

— Eu sei... os muito novinhos parecem amassados e distorcidos.

— Imagino que, se é seu, você se sente diferente — falei.

— Você acha que só ter o bebê automaticamente faz você amar ele?

— Não tenho certeza... talvez você precise aprender a amar o bebê, como precisa com qualquer outra pessoa. Levamos um buquê de margaridas para Sybil. Eu as arrumei num vaso descartável, do jeito que faço quando trabalho no hospital. Ela estava nos esperando, já que Erica tinha ligado mais cedo para se certificar de que ela queria receber visitas.

— Oi... — disse ela, e antes que qualquer uma de nós pudesse dizer qualquer coisa, ela começou a falar. — Quero que vocês saibam que não foi nada de mais. Esses filmes que mostram as mulheres gritando no parto são pura bobagem... Grande coisa, você só empurra, e empurra, e aí o bebê sai. Para falar a verdade, eu nem me lembro muito da coisa toda, só lembro que tinha esse cara muito legal parado do meu lado e toda vez que eu tinha uma contração forte, ele me dava uma baforada de um gás... Vocês já viram ela? Ela não é fofa? Ah, obrigada pelas margaridas, eu amo margaridas... Sabiam que hoje é minha formatura? Eu tinha realmente planejado estar lá... mas acho que não dá pra lutar contra a mãe natureza. Vou receber o diploma pelo correio... Já contei pra vocês que decidi perder vinte e cinco quilos e ir para a Smith?

Ela parou para respirar, e Erica e eu trocamos um olhar.

— Eu vou colocar um DIU pra não ficar grávida de novo, porque não tenho nenhuma intenção de parar de transar. Mas, na próxima vez que tiver um bebê, quero ter certeza de que posso ficar com ele. Vocês viram quanto cabelo ela tem? Minha mãe disse que provavelmente vai cair, e o cabelo normal vai ser completamente diferente. — Ela suspirou, então sorriu para nós. — Obrigada por virem. Estou feliz que vocês vieram. Você vai na formatura do Michael? — Ela dirigiu essa última pergunta para mim.

— Vou.

— Então vai ouvir quando chamarem o meu nome.

— Vou aplaudir para você... está bem?

— Claro... para mim e para o Artie — disse Sybil. Então, ela ergueu a cabeça para olhar para a Erica e balançou a cabeça. — Eu sinto muito.

— Está tudo bem.

— Eu prefiro estar aqui do que onde ele está — disse Sybil.

— Quando você vai para casa? — perguntou Erica.

— Depois de amanhã... mas me disseram para ir com calma por uma ou duas semanas depois de tudo isso.

— Talvez você possa vir para a praia com a gente...

— Talvez... O bebê vai embora na sexta com os pais adotivos... Espero que ela tenha uma boa vida... — Sybil alcançou um lenço e assoou o nariz.

Eu esperava que ela não chorasse. Eu já estava com um nó na garganta.

— Imagino que duas pessoas que realmente querem um filho vão cuidar muito bem dela, vocês não acham?

— Claro — disse Erica. — É a melhor opção.

— Não é como se eu pudesse ficar com ela... Não seria justo...

— Você está fazendo a coisa certa — eu lhe assegurei, me perguntando por que Sybil não tinha pensado sobre tudo isso antes.

— Você está dormindo com o Michael? — perguntou ela de repente.

— Essa é uma pergunta muito pessoal — respondi.

Ela assentiu.

— Eu poderia ter feito um aborto, mas eu queria a experiência de dar à luz.

— Poderia... Deveria... — disse Erica. — Isso não importa agora, o que está feito, está feito.

— Eu pedi pra ver o bebê mais uma vez — disse Sybil, com o rosto se iluminando. — O médico falou que eu posso dar a mamadeira dela hoje de noite... Espero que deem o nome de Jennifer para ela...

21

Era uma noite linda e sem nuvens, e a formatura de Michael foi ao ar livre. Eu me sentei com Sharon e Ike e finalmente conheci os pais de Michael. A mãe dele pegou a minha mão e disse:

— Bom, finalmente... nós ouvimos tanto de você.

— Ela tinha cabelo ruivo, sardas no rosto e usava maquiagem nos olhos.

O pai dele disse:

— Então você é a Katherine...

E eu respondi:

— Sim, sou eu.

Ele tinha uma barriguinha de cerveja, bastante cabelo grisalho e uma boa voz, profunda, como a de um locutor de rádio.

Eu segurei as lágrimas quando chamaram o nome da Sybil, depois quando o de Artie não foi, mas deveria ter sido, e mais uma vez quando Michael foi aceitar o diploma.

Eu fiquei secando os olhos repetidamente, fingindo que tinha caído um cisco, caso Sharon e Ike estivessem se perguntando.

Depois da formatura, teve uma festa na casa de Michael, uma espécie de recepção nos fundos, para os parentes dele. A mãe dele me apresentou a todos como a "amiguinha de Michael". Eu não gostei muito disso, mas eu não ia dizer nada.

Sharon me passou uma taça de champanhe.

— Ouvi dizer que vai trabalhar como professora de tênis no verão.

— Vou ser só uma assistente.

— Parece divertido. Eu adoraria escapar por um tempo.

— E a sua viagem?

— Foi cancelada. Não posso ficar longe do trabalho agora.

— Ah. Que pena.

— Haverá outras oportunidades...

Beberiquei meu champanhe. Algumas bolhas subiram pelo meu nariz.

Ike disse:

— Gosto do seu cabelo desse jeito.

— Está do mesmo jeito de sempre — respondi a ele.

— Ah... Acho que nunca reparei. — Cada um de nós pegou um enroladinho de salsicha quando a mãe de Michael passou com uma bandeja cheia. — Você está se formando também, não está?

— Na quinta-feira de noite. — Eu precisei responder com a boca cheia, porque o enroladinho de salsicha estava queimando minha língua.

— Bom, meus parabéns adiantados.

— Obrigada.

Sharon se afastou e um dos tios de Michael de juntou a nós.

— Ouvi dizer que você está indo pra Denver — disse ele.

Assenti e terminei o champanhe.

— Uma cidade incrível... muito sol... ar fresco...

— Com licença — disse Ike, e me deixou sozinha com ele.

— Você tem muita coisa boa pela frente.

— É, eu sei — falei. — Você não é de Carolina do Norte, por acaso, é?

— Não... Você está pensando no meu irmão, Stephen.

— Ah. — Olhei ao redor, procurando Michael.

O tio tirou alguma coisa do dente, examinou, então agitou o dedo para limpá-lo.

— Então, me conta — disse ele. — O que você quer fazer da vida?

— Fazer da vida? — repeti.

— Sim... você já pensou nisso, não é?

— Claro.

— Então?

— Quero ser feliz — respondi. — E fazer outras pessoas felizes, também.

— Isso é muito bonito... mas não é o suficiente.

— É só o que sei no momento.

Eu dei as costas e fui para longe dele.

Meus pais estavam dormindo quando Michael e eu chegamos na minha casa. Nós nos trancamos na salinha, tiramos as roupas e nos abraçamos.

— Vamos deitar no tapete — falei.

Michael olhou para o tapete. Nós estávamos acostumados com o sofá.

— Pelos velhos tempos...

— Claro — disse ele — Por que não?

Nós nos estendemos no tapete, trocando beijos.

— Você lembra da primeira noite que a gente ficou junto no tapete... com o fogo?

— E Erica e Artie no outro quarto... — disse Michael.

— Isso... depois de você ir embora e a Erica ir para o andar de cima, eu me sentei no tapete por um tempo pensando que era muito especial... que era nosso... — Eu beijei as orelhas dele, correndo a língua pelas beiradas. Passei as mãos pelo corpo dele enquanto ia descendo, beijando o pescoço dele, o peito, a barriga...

— Você está me provocando hoje...

Eu não tinha pensado nisso até ele dizer. Eu mesma me surpreendi.

— Isso te incomoda?

— Eu gosto.

Eu me deitei em cima dele, sentindo Ralph na minha barriga.

— A gente pode tentar assim? — sussurrei.

— Do jeito que você quiser.

Eu montei nele, ajudando Ralph a encontrar o ângulo certo, e, quando ele estava dentro de mim, eu me movi devagar, para cima e para baixo, mexendo o quadril, até não conseguir me controlar mais.

— Ah, Deus... ah, Michael... agora... agora... — Então eu gozei.

Gozei antes dele. Mas eu continuei me movendo até ele gemer, e quando ele terminou, eu gozei outra vez, sem me preocupar com qualquer coisa que não fosse a sensação boa em mim.

— Feliz formatura... — Eu ri.

Mais tarde, ficamos deitados abraçados e eu pensei que existem tantas formas de amar uma pessoa. É assim que deveria ser — para sempre.

Minha formatura foi em um lugar fechado por causa de uma tempestade com trovões que começou às quatro e meia da tarde e durou horas, parando e voltando. Cada aluno podia levar apenas dois convidados para uma formatura fechada, então Michael teve que me esperar em casa, com Jamie e meus avós. Ele não pôde me ver de toga e chapéu.

Nós fizemos uma festa em casa também, com uma mesa cheia de sanduíches, frutas frescas e um grande bolo de chocolate.

Na manhã seguinte, Michael e eu fomos para Long Beach. Tínhamos sido convidados para a casa de Erica em Loveladies Harbor. É uma viagem de duas horas de Westfield, descendo pela via expressa. Nos alternamos dirigindo.

A casa de Erica é erguida em palafitas à beira da praia. Do lado de fora, a estrutura lembra três caixas, uma grande no meio e duas pequenas, uma em cada lado. A lateral que dá para o oceano é feita de vidro. Há uma sala de estar grande com um piso de azulejos brancos e mobília branca de vime trançado com almofadas verdes, além de duas alas menores, cada uma com dois quartos e um banheiro. O sr. e a sra. Small ficam com uma ala só para eles. O quarto de Erica fica na outra. Eu estava dividindo o quarto com ela e o de Michael ficava na frente do nosso. Nenhum de nós falou nada sobre Artie ou sobre o fato de que tínhamos planejado esse final de semana fazia muito tempo, para nós quatro.

Depois do almoço, passeamos pela praia, jogando uma bola de futebol americano. Erica nos apresentou a todos os conhecidos de verão dela, pessoas com quem ela convive há anos. Tem uma praia boa para surfe a alguns quilômetros de distância, em Harvey Cedars, e a gente ficou sentado lá, observando uns caras tentando pegar onda. Nós usamos um rolo inteiro de filme analógico posando nas pranchas de surfe deles.

Naquela noite, depois de escurecer, a maioria das pessoas que tínhamos conhecido mais cedo apareceu. Uma garota trouxe um violão e cantou para nós. Algumas pessoas fumaram maconha, mas eu não quis, então Michael bebeu cerveja em vez de fumar, mas não o suficiente para ficar mal. E, mais tarde, quando todo mundo foi para casa e Erica foi dormir, Michael e eu levamos um saco de dormir para a praia e transamos. Nós acordamos com o nascer do sol e o assistimos juntos.

Quatro dias depois, Jamie e eu partimos para o acampamento.

22

Quarta-feira, 26 de junho

Querido Michael,

Aqui estou eu no acampamento! A viagem de ônibus foi um saco. O ar-condicionado quebrou depois de uma hora e a gente ficou no calor o caminho todo. Um garoto vomitou no corredor, e a gente precisou parar e botar todo mundo para fora enquanto a equipe limpava a bagunça. E eu sou parte da equipe!

Tem setenta e cinco crianças acampando, todas entre uns doze e quinze anos e cada uma delas tem talento para música, arte ou ambos, como a Jamie. Tênis é o único esporte organizado por aqui, além dos aquáticos. O conselheiro principal de tênis se chama Theo. Ele me falou de cara que eu ia ensinar as crianças com menos habilidades.

As garotas ficam numa grande casa antiga, os garotos têm um dormitório (um celeiro transformado) e os quinze membros da equipe ficam espalhados. O meu quarto fica na casa e minha colega de quarto é de Seattle. Ela é uma especialista em tecelagem. Ela se chama Angela, e não acredita em raspar nenhum pelo, e acha que o cheiro natural do corpo é melhor que desodorante. Nem queira saber!!!

Assim que chegamos, Foxy, o diretor, liderou uma reunião de equipe e nos deu uma palestrinha sobre drogas, que são proibidas. Até onde eu sei, essa é a única regra.

Para falar a verdade, eu não sei o que estou fazendo aqui. Eu queria estar com você. Só faltam quarenta e nove dias para nos encontrarmos. Espero sobreviver até lá.

Com amor, para sempre,
Kath

Sexta-feira à noite, 28 de junho

Querida Kath,

Acabei de receber sua carta. Eu a li umas oito vezes. Eu queria poder ser seu colega de quarto ao invés da Angela. Como você sabe, eu tenho bastante desodorante. Você não acreditaria no calor que está fazendo por aqui. É impossível de respirar. Peguei minha passagem de avião hoje. Eu viajo na quarta-feira à noite. Ontem, encontrei a Erica. Nós dois pedimos sanduíches para viagem no Robert Treat's Deli. Tem um monte de coisas que eu gostaria de te contar, mas não sou muito bom colocando tudo no papel. Se você estivesse aqui, eu mostraria o que quero dizer. Acho que você captou a mensagem. Sinto tantas saudades!

Com amor, para sempre,
Michael

P.S. Ralph também está com saudades.

Segunda-feira, 1º de julho

Querido Michael,

Espero que você receba isso antes de partir. Choveu o dia todo hoje por aqui. Durante a manhã, fui designada a um grupo misto de dança moderna. Eles não dançavam mal... fiquei muito surpresa. Eu dormi a tarde toda e me sinto melhor agora. Eu ando tão cansada desde que cheguei. Sabia que faz oito dias desde que a gente esteve junto? Mas estou me esforçando bastante para não pensar nisso, porque todas as vezes que penso, eu sinto ainda mais saudades suas. Eu estou com todas as suas fotos grudadas na parede acima da minha cama. Angela diz que você tem um ar muito natural. Acho que isso era para ser um elogio. Eu não contei que você normalmente usa sombra no olho e pinta o cabelo. Ha ha.

Ontem eu fiz esqui aquático e caí no meio do lago. Quase perdi o meu biquíni. Por sorte, só a Kerrie estava no barco. Ela é Australiana e está no comando dos esportes aquáticos com o marido, Poe.

Jamie manda um oi.

Faça uma boa viagem para a Carolina do Norte, mas não fale com nenhum estranho no avião, especialmente estranhas. E não se esquece que eu te amo! E que sinto mais saudades suas do que consigo expressar.

*Para sempre,
Kath*

Terça-feira à noite, 2 de julho

Querida Kath,

Estou tão animada! Escrevi um editorial para o The Leader *e vai ser impresso na edição da semana que vem. É sobre o último ano do ensino médio. Eu vou te mandar uma cópia. Estou indo para a praia amanhã de noite para o final de semana do feriado do quatro de julho. A Sybil vem também.*

Encontrei o Michael no Robert Treat uns dias atrás e hoje no Friendly's. Nós tomamos sorvete e falamos de você. Ele já está de malas feitas e pronto para ir. Eu dei um beijo de despedida nele em seu nome — de forma muito platônica — na bochecha. Vou sentir saudades de vocês dois durante o verão.

Estou te encaminhando o endereço do Artie na clínica. O Michael falou que você pediu. Eu queria poder refazer tudo desde o começo com ele. Eu lidaria com as coisas de forma muito diferente. Ah, bem... como minha mãe diz, a gente cresce com nossas experiências. Espero que isso seja verdade.

Divirta-se.

Com amor,
Erica

2 de julho

Queridos mamãe e papai,

Acho que pode-se dizer que estou me ajustando ao acampamento. A maior parte da equipe é muito legal. Minha favorita é a Nan, a conselheira de fotografia. O Theo, o chefe do programa de tênis, me chama de Kat, mesmo que eu tenha explicado no mínimo um milhão de vezes que ninguém me chama assim. Recebi uma carta da vovó. Eu não sabia que eles iam para Martha's Vineyard na semana que vem. Jamie escreveu contando do namorado novo dela? Ele se chama Stuart. Se ela não contou ainda, não comentem que vocês já sabem. Ela me mataria! Ele toca o oboé e usa aparelho nos dentes. Eu nem sabia que se podia tocar esse tipo de instrumento usando aparelho. Ele é muito gente boa.

Na noite passada, o Foxy convocou uma reunião especial da equipe para nos dizer que a ênfase aqui deve ser a amizade, não o sexo! Mas não se preocupem com Jamie. Eu fico de olho nela. Além disso, Stuart está mais interessado no oboé do que nela.

Vejo vocês no dia de visitas.

Com amor,
Kath

Quarta-feira, 3 de julho

Querida Kath,

Estou no aeroporto esperando para embarcar no avião. Não se preocupe com garotas estranhas. Eu tenho medo delas! Ops... acabaram de anunciar meu voo. Preciso correr. Eu te amo. Estou contando os dias também. Só faltam quarenta e dois.

Para sempre,
Michael

P.S. Mantenha seu biquíni no lugar (até eu voltar).

Quinta-feira, 4 de julho

Querido Artie,

Sou assistente do professor de tênis num acampamento em Nova Hampshire que Jamie está frequentando. Não é um trabalho ruim. O lago é realmente lindo, mas frio. Espero que você esteja se sentindo bem. Só queria que você soubesse que estou pensando em você.

Sua amiga,
Kath

Sexta-feira, 5 de julho

Querida Erica,

Quando receber isso, você já vai ter voltado da praia. Espero que tenha tido um bom final de semana. Queria que você encontrasse um cara legal e tirasse o Artie da cabeça. Você não pode continuar se culpando para sempre. Lembra como você jurou transar antes de ir para a faculdade? Bom, eu tenho pensado nisso e decidi que poderia ser exatamente o que você precisa. E você sabe que eu não diria isso se não acreditasse mesmo.

Você deveria me ver. Estou uma bagunça. Meu nariz e testa estão descascando loucamente. Está tão quente desde terça-feira e eu fico torrando nas quadras quatro horas por dia. Mas é melhor do que as noites, porque ao menos minha cabeça fica ocupada. As noites são a pior parte. Você não imagina como é para mim tentar não pensar no Michael... sabendo que vamos ficar longe um do outro por tanto tempo. É uma tortura pura.

Mas aqui tem algumas boas notícias! Minha colega de quarto, Angela, a que fede, começou a morar com Zack, o oleiro. Ele tem uma cabana no terreno. Então agora tenho um quarto só para mim.

A maioria das pessoas aqui é tranquila. Tem só uma pirralha de quinze anos que não aguento. Ela se chama Marsha. Todo mundo diz que ela é uma dançarina fantástica, mas eu não a vi dançar ainda. Ela passa muito tempo perto das quadras de tênis por causa do Theo. Quando eu comparo nossas versões de quinze anos com a Marsha, eu vejo que os tempos realmente mudam... e não melhorou muito, na minha opinião. Não iria querer Jamie seguindo esses passos daqui a dois anos.

Na defesa do Theo, vou dizer uma coisa: ele não se impressiona com a criançada besta. Ele não fala muito de si mesmo, mas a minha amiga, Nan, sabe que ele tem uns vinte e um anos e está no último ano na Northwestern. Nan fica muito tímida ao redor dos caras, mas vou tentar resolver as coisas entre eles dois. Ele não é tão ruim quanto eu tinha pensado.

Está na hora do jantar agora. Escrevo logo.

Com amor,
Kath

Terça-feira, 9 de julho

Querida Kath,

Nós passamos um final de semana excelente na praia. O clima estava perfeito. Acho que te contei que Sybil viria com a gente. Ela está em mais uma das dietas dela, mas dessa vez com a aprovação de um médico. Ela não quis falar do bebê. Acho que a experiência toda foi demais para ela.

Obrigada pelas suas sugestões. Mas tenho pensado muito e decidi que não quero transar só pelo ato em si. Quero que seja especial, como foi com você e Michael. Então eu vou esperar.

Theo e Nan parecem legais. Estou feliz que você fez alguns amigos. Eles devem ajudar a fazer o tempo passar mais rápido.

Com amor,
Erica

Quinta-feira, 11 de julho

Querida Kath,

Papai e eu ficamos muito felizes em receber notícias suas. Estamos contentes que está se ajustando ao acampamento. Tem feito muito calor por aqui. Ontem, o ar-condicionado na biblioteca quebrou e precisamos até fechar mais cedo.

Por favor, nos avise se precisar de algo para levarmos no dia de visitação. Estamos ansiosos por passar o dia com você e Jamie. Seus avós viajaram para Martha's Vineyard por uns dez dias. Erica passou na biblioteca para me cumprimentar. Foi só isso.

Com amor,
Mamãe

23

Os campistas têm que se reportar em seus quartos diariamente às dez da noite. Então a equipe se junta no retiro, que é um chalé pequeno com móveis confortáveis. Normalmente, escrevo minhas cartas lá. Às vezes, quando estou tentando pensar no que dizer, levanto a cabeça por um minuto e pego o Theo me olhando. Ele não fica envergonhado nem se vira, mas eu sim. Ele tem olhos verde-claros, e Nan diz que sempre se derrete ao olhar no fundo deles. O cabelo dele é castanho e fica caindo no rosto. Nas quadras de tênis, ele precisa usar uma faixa na cabeça para segurar os fios para trás e poder enxergar a bola. Ele tem um bigode que dá uma voltinha no canto da boca, e é muito bronzeado, inclusive nas costas e no peito, porque ele raramente veste uma camiseta.

    Outro dia, Theo, Nan e eu estávamos no deque. Eu ri quando ele tirou as meias e os tênis porque os pés dele eram tão brancos. Aí ele me pegou e me jogou no lago. Eu estava de calças jeans e camisa e quis matar ele.

    A verdade é que ele não é o espertalhão que eu achei que fosse quando nos conhecemos. Ele é muito paciente com as crianças, e até me ajuda a melhorar meu jogo de tênis. Às vezes, depois do jantar, a gente joga um set ou dois. Ele diz que eu sou a única pessoa aqui no acampamento que consegue cansá-lo de verdade.

Numa noite, durante a primeira semana do acampamento, Theo se aproximou e apontou para o meu colar prateado.

— O que é isso? — perguntou.

— Isso? — falei, erguendo o disquinho.

— É.

— Tem *Katherine* gravado de um lado e *Michael* do outro.

— O cara pra quem você sempre escreve?

— Aham.

— Posso ver?

— Claro.

Ele chegou bem perto de mim e colocou o disco na mão. Ele olhou para o lado que dizia *Katherine* primeiro, então virou para o outro lado.

— O que é que *para sempre* significa?

— O que você acha? — perguntei.

— Acho que para sempre é um tempo longo pra caramba pra uma pessoa nova que nem você.

— Não sou nova. Eu tenho dezoito anos.

— Parabéns — disse ele.

Logo depois que eu pedi para ele parar de me chamar de Kat, ele disse:

— Não dá pra parar agora... Eu me acostumei... além disso, combina com você.

Agora todo mundo no acampamento me chama de Kat. Eu não me importo tanto quanto antes. Recebi uma carta de Michael.

Querida Kath,

Estou me ajustando por aqui. Tenho meu próprio quarto, já que o meu primo, Danny, está viajando nesse verão. As irmãs gêmeas dele têm treze anos e me lembram a Jamie. Diz para ela que eu mandei um oi. Estou me tornando um excelente empilhador de madeira. Semana que vem, começo a trabalhar com a serra. É um grande passo. Penso em você todas as noites, a noite toda.

Com amor, para sempre,
Michael

* * *

Querido Michael,

Cuidado com a serra! Não quero que nada aconteça com suas mãos. Eu amo as suas mãos (e o resto de você também não é nada mal). Ha ha.

Com amor, para sempre,
Kath

Cada membro da equipe tem duas noites curtas e uma longa de folga a cada semana. Uma noite longa quer dizer que você não precisa trabalhar nas atividades noturnas. Você pode ir embora logo depois do jantar e não tem que se reportar até a manhã seguinte.

Nessa semana, Theo perguntou se eu e a Nana gostaríamos de ir para Laconia com ele para ver um filme. Ele tem um carro, e a gente não. Naturalmente, aceitamos.

Tentei organizar para me sentar ao lado da Nan, e ela se sentaria entre Theo e eu, mas ele decidiu que era justo que ele se sentasse no meio, já que era o único cara. Ele passou um braço ao redor de cada uma de nós, mas eu sabia que era só uma brincadeira. É engraçado como você acaba conhecendo seus amigos de verão tão bem num período tão curto, especialmente no acampamento, quando vocês são jogados numa mesma circunstância, de manhã, tarde e noite.

Às vezes eu sonho que Michael e eu estamos transando. Eu consigo entender isso. Mas, no meio da noite depois do filme, eu acordei encharcada de suor e com vergonha — mais vergonha do que jamais tive na vida. Sonhei que estava com Theo. Foi tão real: eu conseguia sentir o cheiro dele, até o cheiro, e eu o desejava tanto. Eu fiz coisas com ele no sonho que eu só tinha lido a respeito.

Escrevi uma carta de quatro páginas no dia seguinte, para manter minha mente onde precisava ficar. Eu fiquei o mais longe de Theo que consegui. Ainda assim, tinha algo crescendo entre nós. Algo que eu tinha medo de sequer pensar.

Todas as noites, das oito às dez, a cantina fica aberta e os campistas podem passar um tempo por lá, ouvindo música, dançando e comendo uns lanches. Theo dança com as garotas mais novas, tipo a Jamie, e evita as mais velhas, tipo a Marsha. Dá para ver que ele não está querendo encrenca. Nan sequer dança. Ela diz que tem dois pés esquerdos. Isso é um problema real, porque dançar é uma forma muito boa de se unir duas pessoas. E Theo gosta de dançar. Queria que ele olhasse para a Nan do jeito que olha para mim. Queria não sentir um frio na barriga todas as vezes que nossos olhos se encontram.

Na noite de hoje, a Marsha colocou uma música lenta e todas as crianças vaiaram porque preferem um rock mais pesado. Elas nem sabem como dançar lento. Mas a Marsha não mudava o disco e se aproximou, deslizando para perto de Theo, tentando puxá-lo para que se levantasse. Ele lhe disse:

— Desculpe, Marsha... mas eu prometi essa música para Kat.

E ele pegou minha mão e me puxou de onde eu estava sentada. Neguei com a cabeça, mas ele não se importou. Ele disse para as crianças:

— Observem com cuidado... e vou mostrar um jeito novo de dançar.

Então ele passou os braços ao meu redor e as crianças assobiaram e gritaram "viva" e Theo riu e me apertou com mais força. Logo, alguns dos campistas se levantaram para dançar pertinho, e o Theo colocou o disco desde o começo de novo.

Ele não é muito mais alto do que eu, algo entre uns nove ou doze centímetros, e eu estava usando tamancos, então, quando a gente dançava, nossos corpos se uniam.

Quando o disco terminou, eu me afastei e corri para fora da cantina. Fui até o lago, onde é fresco e escuro, me sentei numa pedra e chorei. Como você pode amar uma pessoa e ainda se sentir atraída por outra?

No dia seguinte, recebi uma carta longa de Michael. Eu a beijei e mostrei para Nan para provar que não estou nem minimamente interessada em alguém além dele.

No dia de visitas, passei a manhã nas quadras jogando contra os campistas, para que os pais pudessem ver o quanto os jogos dos filhos tinham melhorado. Foxy me deu a tarde de folga para ficar com a minha mãe e o meu pai. Eu era a única conselheira com visitantes. Depois do almoço, Jamie mostrou a eles suas pinturas a óleo e aquarelas e o tecido que ela está fazendo com a ajuda de Angela. Então meu pai colocou seus shorts de tênis, e eu e ele jogamos dois sets. Eu venci dele de seis a três e depois de sete a cinco. Ele ficou muito impressionado.

Mais tarde, eu levei minha mãe para ver meu quarto.

— É bonito e aconchegante. — Ela se sentou na minha cama e observou as fotos do Michael grudadas na parede. — Você parece estar se virando muito bem. Fico contente.

— Estou dando um jeito... — respondi. Fui até o armário e saquei uma caixa de sapatos cheia de cartas. — Olha só, são todas do Michael. A gente se escreve todos os dias.

Mamãe assentiu.

— Aposto que você pensou que a gente não iria escrever.

— Não... Eu nunca pensei nisso.

24

Na noite de domingo seguinte, eu estava no chalé do retiro respondendo a carta de Erica, quando Foxy enfiou a cabeça na sala e disse que tinha uma ligação para mim. Olhei para o relógio. Eram dez e meia. Quem me ligaria às dez e meia?

Nan me acompanhou até o escritório dela. Minha mãe estava na linha. Falei:

— Mamãe... o que aconteceu?

— Tenho más notícias, Kath...

— O que foi? — Senti lágrimas nos olhos antes mesmo de saber.

— É o vovô, querida...

— O quê...?

— Ele teve outro AVC... ele não suportou dessa vez, Kath. Ele morreu duas horas atrás.

— Não... — falei e comecei a chorar de verdade. — Não!

— Sim, Kath... Eu sinto muito ter que te contar dessa forma... — A voz dela se perdeu e meu pai pegou o telefone.

— Kath?

Eu não conseguia falar.

— Kath... você ainda está aí?

Eu fiz um barulhinho em resposta.

— Escute, Kath... ele não sofreu... Ele só desmaiou e, quando chegou no hospital, ele já tinha partido.

— Morrido?

— Sim... morrido.

— Ah, papai... Eu não queria que ele morresse...

— Ninguém queria... mas a gente também não queria que ele sofresse.

— Mas ele era tão gentil... tão bom...

— Eu sei...

— E a vovó?

— Ela está bem.

— Quero falar com a mamãe de novo.

— Kath... — disse minha mãe.

— Quero ir pra casa — falei para ela. — Agora mesmo... Quero ficar com você e com a vovó... Vou fazer minhas malas e vou embora no primeiro horário que puder amanhã.

— Não, querida... Nós conversamos a respeito, e não queremos que você venha pra casa ainda.

— Mas eu tenho que fazer isso...

— Por favor, me escute... Vovô não queria um funeral, você sabe disso... Se ficar no acampamento com a Jamie por mais dez dias, a sua avó vai poder se recompor. Ela quer que você faça isso por ela.

— Ela está bem...? Vocês estão me contando a verdade, não é?

— Ela está no andar de cima, descansando... O tio Howard está com ela.
— Quero falar com ela.
— Amanhã.
— E Jamie? — perguntei. — Quem vai contar para ela?
— Você acha que poderia fazer isso?
— Não sei.
— Por favor, tente... de manhã... e depois nos ligue.
— Está bem, vou tentar.
— Durma um pouco agora... e nós nos falamos amanhã.
— Fale para a vovó que sinto muito... por favor?
— Vou falar.
— Eu amava muito o vovô.
— Todos nós amávamos.

Contei para Nan o que tinha acontecido e disse que precisava ficar um pouco sozinha. Fui para o lago, me sentei na minha rocha e pensei no meu avô. Eu me lembrei de como ele brincava de cavalinho comigo quando eu era criancinha, e como ele lia em voz alta para mim, usando uma voz diferente para cada personagem. Eu pensei nele entrando na cozinha e cheirando tudo enquanto Jamie e vovó preparavam seus banquetes. Pensei em como ele ficou depois de seu primeiro AVC: pequeno e pálido, e como ele tinha estendido a mão para mim quando eu o visitei no hospital. Tentei me lembrar de todas as coisas boas, da forma como ele fazia brindes para vovó no restaurante: *Ao amor*, ele dizia, erguendo a taça.

Então fiquei com a sensação de que não estava mais sozinha. Eu virei as costas para o lago e vi Theo.

— Nan me contou — disse ele. — Eu sinto muito.

— Ele era muito especial... você não tem ideia... — Enterrei o rosto nas mãos e chorei.

Theo se sentou na grama, ao meu lado.

— É difícil aceitar a morte — disse ele.

— Ele é a primeira pessoa que eu amava que morreu.

— É difícil na primeira vez.

— Eu não sei o que fazer.

Ele não falou nada até eu parar de chorar. Então, ele disse:

— Acho que você deveria descansar um pouco agora.

— Eu não quero — falei. — Não quero ficar sozinha.

— Talvez você possa ficar com a Nan.

Balancei a cabeça.

— Você não pode ficar sentada aqui a noite toda, Kat.

— Tenho que contar para Jamie de manhã.... como se conta uma coisa dessas para alguém?

— Da forma mais simples possível.

— Não sei se consigo.

— Vou com você, se quiser... mas agora, você tem que ir para a cama. — Ele se levantou e pegou minha mão. — Eu te levo de volta.

Quando chegamos no quarto, ele arrumou meu cabelo para fora do rosto.

— Boa noite, Kat... — disse ele, beijando minha testa.

Eu o abracei, apertei com força e o beijei, do jeito que tinha beijado no meu sonho, e, de início, ele me beijou de volta... até que ele se soltou e disse:

— Assim não... não com a morte como uma desculpa.

Corri para o meu quarto e comecei a chorar de novo.

Foi um erro contar para Jamie do vovô depois do café da manhã. Ela vomitou assim que soube. Mas, de uma forma geral, ela aceitou melhor do que eu e não quis ir para casa. Nós ligamos para os nossos pais, e eu pedi para falar com a vovó.

— Nós tivemos quarenta e sete maravilhosos anos juntos — disse ela. — Quantas pessoas podem dizer o mesmo?

— Não muitas — falei. Ouvir a voz dela fez com que eu me sentisse melhor.

28 de julho

Querido Michael,

Meu avô faleceu ontem. Ele teve outro AVC. Não vai haver um funeral. Ele queria ser cremado. Conversei com minha avó hoje pela manhã e ela está bem. Ela me pediu para ficar no acampamento com a Jamie, mesmo que eu queira ir para casa e ficar com ela. A ficha não vai cair até eu voltar e ver que o vovô não está mais lá. Vou sentir tanta saudade dele.

Com amor,
Kath

Poucas noites depois, Nan foi à cidade com Kerrie e Poe, mas Theo ficou no acampamento comigo, apesar de também ter aquela noite de folga. Nós ficamos sentados juntos nos degraus do chalé dele.

— Sobre a noite passada... — começou ele. Mas eu o interrompi:

— Eu preferia não falar disso.

— Você não pode ignorar, Kat.

Balancei a cabeça.

— Você precisava ficar perto alguém, e por acaso eu estava ali. — Ele revirou a terra no chão com o pé. — Sexo é o antídoto para a morte... sabia?

— Não sabia.

— Psicologia Dois... É uma reação muito comum, alguém morre... e você precisa provar que está vivo... Qual o melhor jeito de fazer isso?

— Não tenho certeza de que foi isso que aconteceu — falei.

Ele se levantou, então desci para a beira do lago e joguei umas pedras na água. Pensei naquele primeiro dia que passei com Michael.

— Olha — disse ele, como se pudesse ler minha mente — E toda aquela história do *para sempre*?

Eu me virei, mas ele andou até mim, pôs as mãos nos meus ombros e me fez encará-lo.

— Quero ver você de novo... depois do acampamento... Mas não farei isso até você se decidir.

— Preciso pensar — falei.

31 de julho

Querida Kath,

Eu sinto muito sobre seu avô. Eu gostava muito dele. Eu queria poder estar com você, porque é difícil para mim expressar por escrito que te entendo. Logo estaremos juntos. Eu te amo e sinto saudades.

Para sempre,
Michael

Eu não consegui responder àquela carta.

4 de agosto

Querida Kath,

Eu não recebi nenhuma notícia sua. Está tudo bem? Você recebeu minha última carta? Eu estava falando de coração.

Com amor, para sempre,
Michael

***

Querido Michael,

Não, as coisas não estão bem — mas não é sua culpa. Não sei como lhe dizer isso, mas vou tentar. Eu acho que ainda te amo, mas alguma coisa mudou. Eu conheci alguém que está me confundindo. Não, isso não é exatamente verdade. Quer dizer, é verdade que estou confusa, mas não posso culpá-lo por isso. Sei que é difícil para você entender. É difícil para mim também. Eu fiz promessas para você que não tenho certeza de que posso cumprir. Nada disso é sua culpa. É só que eu não sei o que fazer agora. Você deve estar pensando que eu sou uma pessoa horrível. Bom, pode acreditar, estou pensando a mesma coisa. Não sei como isso aconteceu ou por quê. Talvez eu possa superar. Você acha que pode esperar? Porque eu não quero que você deixe de me amar. Eu continuo me lembrando de nós e como foi. Não quero machucar você... nunca...

Eu não consegui terminar. Lágrimas queimavam os meus olhos. Talvez houvesse algo de errado comigo. Eu não sei. Talvez se Michael e eu estivéssemos juntos durante o verão, aquilo nunca teria acontecido...

Mais tarde, quando reli a carta, eu sabia que nunca conseguiria enviá-la. Eu a rasguei em pedacinhos e joguei tudo fora.

25

No sábado à tarde, logo antes do final das atividades, fui chamada no escritório. Theo disse para as crianças na quadra para competirem entre si e me acompanhou, segurando minha mão, pressentindo quanto medo eu estava sentindo. *Por favor, não seja a vovó...* pedi, *por favor, que não seja nada de ruim dessa vez.*

Quando cheguei, Foxy ergueu os olhos da escrivaninha e disse:

— Oi, Kat... Você tem uma visita. — Ele apontou para o banheiro, mas antes que eu pudesse fazer perguntas, a porta se abriu. E ali estava Michael.

Theo e eu estávamos parados lado a lado, nós dois vestidos em bermudas curtas, ele sem camisa e eu num top de frente única, coberta de suor, suja de poeira e ainda segurando a mão de Theo, que soltei de imediato.

— Michael... — falei, indo para ele. — Como é possível você estar aqui?

— Eu estava preocupado — disse ele. — Você não respondeu as minhas cartas, então eu voltei uns dias antes e decidi fazer uma surpresa.

— Bom... estou surpresa. Estou mesmo. Olha pra mim... estou uma bagunça!

— Pra mim, não está.

Ele me abraçou com força, então eu o apresentei para o Theo e eles apertaram a mão um do outro.

— Ouvi muito de você — disse Theo.

— Ouvi muito de você também — disse Michael, o que não era exatamente verdade, porque eu só escrevi a respeito do Theo algumas vezes, e sempre tinha algo a ver com a Nan.

— Eu te vejo depois... Preciso me arrumar para o jantar — disse Theo. Eu não tinha certeza se ele tinha dito isso para mim ou para o Michael. Ele saiu do escritório.

Foxy disse:

— Pode tirar uma noite longa de folga, Kat.

Voltei para a casa, entrei debaixo do chuveiro, liguei a água quente e lavei o cabelo, pensando no que poderia dizer para ele... como explicar... como fazê-lo entender sem que ele me odiasse? E agora que ele estava ali... agora que eu o havia encontrado de novo... não sabia o que queria. Deixei a água correr pelo cabelo e pelo rosto, mas não era só o shampoo que fazia meus olhos arderem.

Coloquei o único vestido que tinha trazido para o acampamento. Michael estava me esperando no térreo. Ele pegou minha mão e nós fomos até o carro dele. Ele nos levou para um restaurante no cais e pediu lagostas e uma garrafa de vinho branco. Nós falamos sobre o vovô e Michael tirou dois obituários do bolso: um do *New York Times* e um do *The Leader*. A própria Erica tinha escrito o último. Então, nós falamos sobre a Carolina do Norte, madeireiras, tênis, Jamie, o clima e a comida. Não chegamos no assunto mais importante durante o jantar, mas eu sabia que chegaríamos em breve. E o que viria depois disso?

Depois do jantar, fomos ao quarto do Michael em um hotel de beira de estrada. Ele tirou a camiseta, uma polo amarela com um jacaré bordado no bolso, e a jogou numa cadeira. A gente se sentou na cama e, enquanto nos beijávamos, ele abriu os botões do meu vestido. Eu estava só de calcinha por baixo. Ele tirou a calça jeans, depois a cueca. Nós nos deitamos lado a lado. Michael puxou meu vestido para cima, me beijando o tempo todo. Eu não conseguia beijá-lo de volta.

— Eu senti tanto a sua falta... — disse ele. — Tanto... — Eu não deixei minha língua entrar na boca dele do jeito que costumava fazer. Eu só fiquei deitada ali, esperando. Eu não conseguia sentir nada.

Ele colocou a mão dentro do meu vestido e segurou meus seios, apertando um, e então o outro. Eu pensei em fingir. Tem gente que faz isso. Tem gente que pensa em outras coisas enquanto transa. Tem gente que finge que está com outros parceiros. Ele passou a mão pela parte interna da minha coxa, descansando-a entre minhas pernas. Eu não me movi para tirar a calcinha. Eu não sou boa fingindo. E, de qualquer forma, fingir não é justo.

— Vamos lá, Kath... — sussurrou ele.
— Não, espera — falei. — Espera, Michael...
— Não consigo.
Eu rolei para longe dele.

— Você precisa esperar. — Eu saí da cama e cruzei o quarto. — A gente precisa conversar.

— Achei que era isso que a gente tinha feito nas últimas duas horas.

— Isso é diferente.

— Você está pensando no seu avô, não está? — perguntou ele. — Ele ia querer que a gente estivesse junto. Não precisa se sentir culpada.

— Não é isso.

— Então o quê?

— Estou tentando explicar, se você deixar.

— Pode falar, estou te ouvindo...

— Olha — falei. — Não é você. Você não fez nada, sou eu... é que... bom...

Ele me lançou um olhar demorado, então saltou da cama tão rápido que me assustou.

— É outro cara, não é? — Ele vestiu a cueca.

— De certa forma — comecei a dizer. — Mas...

— Você dormiu com ele?

— Não... não foi nada assim.

Ele vestiu a calça jeans.

— Então por que você tinha que me contar?

— Eu não te contei... você adivinhou...

Ele colocou a camisa do avesso.

— E você queria que eu adivinhasse, não queria? Quer dizer, meu Deus... você ficou deitada ali sem fazer nada, e eu sou idiota o suficiente de pensar que isso tinha a ver com o seu avô... você deve ter pensado que eu nunca suspeitaria, que eu sou muito idiota.

— Ah, Michael... Eu não penso isso, e você sabe que eu mesma teria te contado em mais um minuto. A gente deveria ser honesto um com o outro, lembra?
— É... Eu me lembro de um monte de coisas... — Ele procurou os tênis pelo quarto. — Você não pode dizer o mesmo.
— Eu não me esqueci de nada.
— Não? E o que dizer de *para sempre*? Ou a sua memória já está falhando cedo assim?
Ele encontrou os tênis e se sentou na cadeira, colocando-os, mas sem amarrar os cadarços.
— Eu não me esqueci... nem de você e nem do *para sempre*.
— Então o que está acontecendo, porra?
— Por favor, Michael, não...
— Não... — gritou ele. — Caramba, não sou eu quem está com a cabeça toda fodida!
— Eu só não quero mentiras entre nós.
— E você acha que pode ser a mesma coisa entre nós... agora?
— Eu não sei.
— Bom, eu te digo... não pode! — A voz dele falhou.
Ele entrou no banheiro, bateu a porta e deu a descarga para eu não poder ouvir nada.
Eu não sabia o que fazer. Esperei um tempo antes de chamar:
— Michael... você está bem?
— Ah, claro... Muito bem, excelente...

— Olha, pode ser que você tenha me apressado hoje à noite... Eu estava tensa demais. Ah, você sabe...
— Não me engana com essa bobagem.
— Não é bobagem...
Ele deu a descarga de novo.
Eu fechei os botões do meu vestido.
Finalmente, ele abriu a porta do banheiro. A camisa dele ainda estava do avesso, mas ele tinha amarrado os cadarços dos tênis. Ele caminhou para a mesinha de cabeceira e colocou os óculos.
— Não vou compartilhar você — disse ele, soando muito calmo. — Eu quero que seja do jeito que era antes... Então, pode se decidir...
Eu engoli em seco.
— Não posso fazer nenhuma promessa, agora não.
— Foi o que pensei.
— Está dizendo que terminou entre a gente, então?
— Você disse... agorinha mesmo.
— A gente não poderia esperar um pouquinho mais e ver o que acontece?
— Você não pode ter as duas coisas.
— Então acabou mesmo, não é? — De súbito, a pergunta número quatro surgiu na minha mente. *Você já pensou em como o seu relacionamento vai terminar?*
— Acho que acabou — disse ele.
Eu tirei o colar e o estendi para ele. Minha garganta estava apertada demais para eu conseguir falar.
— Pode ficar — disse ele.
— Não acho que eu deveria. — Nossos dedos se tocaram quando eu passei o colar para ele.

— O que é que eu faço com um colar em que está escrito *Katherine*?

— Eu não sei.

Ele pegou a minha bolsa e largou o colar dentro. Nenhum de nós disse nada no caminho de volta para o acampamento. Quando chegamos, abri a porta do carro e saí, e, enquanto eu fazia isso, ele se inclinou e falou:

— É melhor que você saiba, então... Eu andei transando na Carolina do Norte.

Eu balancei a cabeça para mostrar que não acreditava nele. Então ele gritou:

— Eu trepei com tudo que vi pela frente!

— Mentiroso! — gritei de volta. — Você só está dizendo isso pra me magoar.

— Mas você nunca vai saber de verdade, vai? — Ele foi embora tão rápido que os pneus guincharam e deixaram marcas na estrada.

26

Nós nos vimos outra vez antes de viajarmos para a faculdade. Erica e eu estávamos fazendo compras no Hahne's e lá estava ele, num canto com material de papelaria.

Eu disse:

— Oi.

E ele respondeu:

— Ah... oi.

— Como está?

— Bem... e você?

— Bem... como está o Artie?

— Está em casa. Encontrei com ele ontem.

— Fico feliz.

Erica desapareceu dentro de outro corredor, e Michael e eu ficamos parados ali, um encarando o outro.

— Bom... — falei. — Boa sorte na faculdade.

— Pra você também.

— Obrigada.

— Ah, afinal, eu arrumei aquele emprego em Vail, no Colorado...

— Você vai aceitar?

Ele deu de ombros.
— Depende...
— Michael?
— Sim?
Eu queria dizer para ele que eu nunca me arrependeria de tê-lo amado. Que, de certa forma, eu ainda o amava, que talvez sempre amasse. Que nunca ia me arrepender de nada que fizemos juntos, porque o que nós tínhamos era muito especial. Que, talvez, se nós tivéssemos dez anos a mais, tivesse sido diferente. Talvez. Acho que é só porque não estava pronta para o *para sempre*.
Espero que Michael saiba o que eu estava pensando. Espero que meus olhos tenham transmitido a mensagem para ele, porque tudo que eu consegui dizer foi:
— A gente se vê por aí...
— É — respondeu ele. — A gente se vê por aí.

Quando cheguei em casa, Jamie estava nos fundos com David e minha mãe estava cuidando da árvore que ganhara de aniversário.
— Está bonita — falei. — Está ficando mais gordinha.
— Precisa de bastante água — disse ela. — Conseguiu comprar tudo?
— Quase tudo.
— Está tudo bem? Você parece abatida...
— Já tive dias melhores, mas estou bem. Acho que vou tomar um banho antes do jantar.

— Vai lá. Ah, e Kath...
— Oi?
— O Theo ligou.

Impressão e Acabamento:
LIS GRÁFICA E EDITORA LTDA.